RHAGAIR

MAE'r rhan fwyaf o'r hanes hwn yn wir. Mae'r digwydd-
iadau a ddisgrifir yn y stori wedi eu codi'n bennaf o hen
newyddiaduron ac o lyfrau. Mae ambell un hefyd wedi
ei godi o hen faledi o'r 18fed ganrif. Felly dim ond y
cymeriadau sy'n 'ddychmygol' ac nid ydynt hwy mor
ddychmygol a hynny chwaith, gan mai pobl fel y rhain
oedd yn teithio ar y Goets o Lundain i Gymru.

Mae fy nyled yn drwm iawn i lawer o bobl, am eu
cymorth, pan oeddwn yn sgrifennu. Fe garwn ddiolch
o galon i :—

Bwyllgor Addysg Sir Aberteifi am fy rhyddhau am
dymor o'm gwaith fel ysgolfeistr i allu sgrifennu.

I Lyfrgellydd Sir Aberteifi a'i Staff am ofalu fod holl
adnoddau Llyfrgell y Sir at fy ngwasanaeth, ac am lawer
cymwynas arall.

I Brif Archifydd y Swyddfa Bost yn Llundain am lawer
o wybodaeth, lluniau a mapiau a fu o gymorth mawr i
mi.

I Mr. Iorwerth Hughes, hanesydd a Phostfeistr, Peny-
groes, Arfon, am awgrym a chyngor da, a benthyg
llyfrau.

I Miss Nan Davies, B.B.C., am fenthyg llawer o
ddeunydd defnyddiol dros ben.

I Wasg Gomer, Llandysul am ei hamynedd a'i gwaith
clodwiw, yn rhoi i'r gyfrol ddiwyg mor deilwng.

Diolch yn fawr !

T. LLEW JONES

CORN, PISTOL A CHWIP

50¢

T. LLEW JONES
Corn, Pistol a Chwip

GOMER

© *Gwasg Gomer, Llandysul a T. Llew Jones*
Argraffiad cyntaf—Gorffennaf 1969
Ail-argraffiad—Gorffennaf 1970
Trydydd-argraffiad—Medi 1975
Pedwerydd-argraffiad—Chwefror 1992

ISBN 0 86383 887 1

ARGRAFFWYD GAN J. D. LEWIS A'I FEIBION CYF.

I'M
CHWAER, MEGAN ELUNED,
I'M
BRAWD, EDWIN SIEFFRE,

OND YN BENNAF
I
MAM

PENNOD I

Y DYDDIAD yw'r 22ain o Ragfyr 1826. Y lle—
Llundain, prifddinas Lloegr, a'r amser—chwarter i
wyth y nos.

I fod yn fwy manwl, yr ydym yn un o strydoedd mwyaf
prysur Llundain, sef Lombard Street, lle mae'r Swyddfa
Bost.

Mae'n noson oer iawn a'r llwydrew'n wyn ar y palmant
ac ar ffenestri'r tai, ac mae'r gwynt main o'r Dwyrain
wedi gyrru'r rhan fwyaf o bobl Llundain i'w tai.

Ond yn Lombard Street mae prysurdeb mawr, a
llawer o bobl yn mynd a dod. Yn un rhes hir wrth ochr
y palmant saif y ' Coaches ' sydd i gludo'r Mêl neu'r
Post o Lundain i bob rhan o Brydain. Y blaenaf yn y
rhes yw Coets Bryste, ac yn union am wyth o'r gloch
bydd hi'n cychwyn ar ei thaith tua'r Gorllewin. I
Goets Bryste y rhoddir y lle blaenaf bob amser, gan mai
o Fryste i Lundain y dechreuwyd cludo'r Mêl mewn
coets yn 1784. Cyn hynny dyn ar gefn ceffyl fyddai'n
cludo'r Mêl bob amser bron.

Yn ail yn y rhestr wrth ddrws mawr y Swyddfa Bost
saif Mêl Caergybi, a fydd yn cychwyn am un funud
wedi wyth ar y daith bell i ben draw sir Fôn. Dywedir
mai hwn yw'r Mêl cyflyma ohonyn nhw i gyd, gan ei fod
yn teithio ar hyd priffordd fawr, newydd Telford—yr
heol orau ym Mhrydain.

Uwchben drws llydan y Swyddfa Bost mae lamp olew
yn cynnau, ac yn ei golau mae Coets Bryste a Choets
Caergybi'n edrych yn hardd iawn. Mae eu paent yn
disgleirio i gyd, a'r ysgrifen aur ar eu drysau'n edrych
yn wych dros ben.

Ond y ceffylau sy'n tynnu sylw. Pedwar ceffyl bywiog

9

a balch sy'n tynnu pob Coets ac mae gyddfau pob un yn sgleinio yn y golau, llawn cymaint â'r paent ar y cerbydau. Deil pob un ei ben yn uchel yn yr awyr yn barod i ruthro drwy'r nos tua'r Gorllewin.

Tri cheffyl coch ac un du sydd i dynnu Coets Caergybi ar y rhan gyntaf o'r daith heno, ac mae'r Gyrrwr yn edrych i weld a yw'r tresi a'r byclau a'r cyfan yn ddiogel cyn cychwyn. Dyn pwysig yw'r Gyrrwr, ac mae'n swagro tipyn wrth gerdded o gwmpas, i *ddangos* i bobl ei fod yn bwysig hefyd ! Mae'n tynnu llawes ei got dros y metel gloyw ar offer un o'r ceffylau, er bod hwnnw'n disgleirio fel swllt yn barod. Ddwedais i ' ei *got* fawr ' ? *Un* o'i gotiau a ddylwn i ddweud, oherwydd mae gan y Gyrrwr o leiaf bedair cot fawr amdano heno, ac mae'r un uchaf yn cyrraedd bron hyd y llawr. Fe fydd eu hangen i gyd hefyd ar y ffordd drwy'r gwynt main.

Mae dyn bach hynod mewn cot werdd yn gwerthu cacennau poeth i'r teithwyr cyn iddynt ymadael. Dyn a ŵyr ble mae e'n cael cacennau poeth ar noson mor oer !

Mae bysedd y cloc mawr uwchben drws y Swyddfa Bost yn symud yn araf tuag at wyth o'r gloch. Mae Gyrrwr Mêl Bryste wedi dringo i'w sedd yn barod i gychwyn. Yn awr daw'r Gard allan o'r Swyddfa â sach ar ei gefn. Mae'n rhoi'r sach yn y gist ym mhen ôl y Goets, ac yna mae yntau hefyd yn dringo i'w sedd. Cyn eistedd mae'n cloi'r gist ac yna'n rhoi ei draed arni.

Ar waetha'r tywydd oer, mae tyrfa fechan wedi crynhoi yr ochr arall i'r ffordd i weld coetsys y Mêl yn cychwyn ar eu taith. Yn eu mysg mae rhai plant. Fe fyddant hwy'n cofio'r olygfa yma am byth.

Yn awr mae Gard Mêl Caergybi wedi rhoi ei sach a'i becynnau yn y gist ym mhen ôl y Goets. Mae'r teithwyr wedi cymryd eu seddau tu mewn a thu allan, a'r Gyrrwr wedi gafael yn yr awenau a'r chwip hir. Mae'r ceffylau ysgwyd eu pennau'n ddi-amynedd ac yn taro'u carnau ar y llawr.

Yna, â'r cloc uwch ben drws y Swyddfa'n dechrau taro wyth, mae Mêl Bryste'n cychwyn. Mae'r Gard yn canu'r corn a'r Gyrrwr yn rhoi gwaedd. Clywir sŵn carnau ac olwynion a gwelir gwreichion yn tasgu o bedolau'r ceffylau. Mae'r Goets gyntaf ar ei thaith.

Clywir sŵn drysau Coets Caergybi'n cael eu cau. Tynn y Gyrrwr goler ei got fawr yn dynnach am ei wddf. Mae'n dal yr awenau'n ei law chwith a'r chwip hir yn y llaw dde.

Mae'r Gard yn gweiddi, "*All right outside and in* !"

"Let them go then !" gwaedda'r Gyrrwr. Mae'r ddau was sydd wedi bod yn dal y ceffylau'n camu nôl yn frysiog, ac yn union am funud wedi wyth mae Coets fawr Caergybi ar ei thaith hefyd.

Cwyd y Gard ei gorn at ei wefusau a dechrau chwythu. Mae sŵn y corn yn gwneud i galonnau'r rhai sy'n gwylio'r Goets yn rhuthro heibio guro'n gyflymach. Yna mae wedi diflannu heibio i'r tro.

Heno mae pedwar yn teithio tu mewn i'r Goets a thri tu allan. Tu mewn mae dau ŵr bonheddig a dwy ddynes. Mae un ddynes yn ganol oed a'r llall yn ferch ifanc, hardd.

Bachgen ifanc o Gymro o'r enw Arthur Ifan yw un o'r rhai sy'n teithio tu allan. Mae ef yn teimlo'n gynhyrfus iawn oherwydd mae'n mynd adre i sir Fôn i dreulio'r Nadolig gyda'i fam a'i dad, ar ôl bod oddi cartref am ddwy flynedd. Yn ystod yr amser hwnnw bu'n astudio'r Gyfraith yn Llundain, a rhyw ddiwrnod, ar ôl pasio 'i arholiadau i gyd, mae'n gobeithio dychwelyd i Gymru i ddilyn ei alwedigaeth fel Cyfreithiwr.

Wrth ruthro trwy'r gwynt oer mae Arthur yn taflu llygad ar y teithiwr nesaf ato. Yng ngolau lampau'r Goets gwêl fod ganddo wyneb crwn, tywyll a barf ddu, ond prin y gall gael golwg iawn arno gan ei fod yntau, fel pawb arall o'r teithwyr wedi ei wisgo mewn cot frethyn drwchus a sgarff wlân, fel nad oes fawr o'i wyneb

11

yn y golwg. Mae'r teithiwr arall yn eistedd yn ymyl y Gyrrwr ac felly mae ei gefn at Arthur. Ond gall weld ei fod wedi gwisgo cymaint o ddillad amdano fel nad oes bron ddim o'i gorff yn y golwg. Erbyn hyn mae Arthur yn hiraethu na fyddai ef wedi dod ag un got arall amdano, waeth mae hi'n ofnadwy o oer ar ben y Goets !

Maent yn rhuthro drwy strydoedd Llundain ac mae'r cerbyd yn gwegian o un ochr i'r llall wrth fynd heibio i'r troeon aml yn y ffordd. Mae Arthur yn cydio'n dynn yn y reilen o'i flaen. Gŵyr fod perygl iddo gael ei daflu oddi ar y Goets os na fydd yn ofalus. O'i sedd uchel gall weld i mewn drwy ffenestri rhai o'r tai sydd â'u llenni heb eu tynnu. Mae'n gweld ystafelloedd golau â thanau'n cynnau'n siriol ynddynt. Maent yn edrych yn ystafelloedd hynod o gynnes a chysurus, i deithiwr oer ar ben y Goets. Ond ta waeth ! Mae ef ar ei ffordd adre i Fôn— ac er mwyn hynny mae'n werth dioddef yr oerfel a'r cyfan !

*   *   *

Trodd Arthur at y teithiwr yn ei ymyl.

"*It-is-cold-isnt-it* ?" meddai yn ei Saesneg pwyllog a gofalus.

"Ydy mae'n gythreulig o oer !" atebodd y dyn barfog.

"Cymro 'dach chi ?" gofynnodd Arthur mewn syndod.

"Ie, ac yn falch o gael dweud hynny, fachgen. Capten Lewis Wiliam o Fangor, ond yn gweithio ar hyn o bryd yn Swyddfa'r Llynges yn Llundain, ac ar fy ffordd adre ar wyliau, ar ôl bod i ffwrdd o'r hen wlad am flwyddyn gyfan. Wfft i'r tywydd ! Mae' hi'n arllwys y glaw neu'n bwrw eira bob tro y byddai'n teithio efo'r Goets."

"Ond 'dyw hi ddim yn bwrw glaw na dim heno."

"Ddim eto—ond synnwn i fawr na fydd hi'n bwrw eira cyn i ni gyrraedd pen y daith nos yfory."

"Ydych chi'n nabod y Gyrrwr sy' gyda ni heno ?" gofynnodd Arthur, gan ostwng ei lais, er nad oedd eisiau iddo wneud hynny, gan fod y gwynt a sŵn olwynion a charnau'r ceffylau'n boddi ei lais, fel na allai neb ond y Capten, a oedd yn ei ymyl, glywed dim.

"Jac Stephens !" meddai'r Capten, "mae pawb yn nabod Jac. Mae gwŷr bonheddig mwya' Llundain yn ffrindie mawr â Jac." Yna'n fwy distaw, gan blygu 'mlaen—"Cofia, does gen i ddim golwg arno !"

Ni ddywedodd fwy na hynny am dipyn. Closiodd Arthur ac yntau at ei gilydd gan godi coleri eu cotiau trwchus yn dynnach am eu gyddfau. Nid oedd gan Arthur fawr o deimlad yn ei glustiau erbyn hyn. Taflodd lygad dros ei ysgwydd ar y Gard. Gwelodd ef yn sefyll ar ei draed gan blygu mlaen ychydig yn erbyn y gwynt. Gwelodd ef yn codi ei gorn at ei enau ac yn chwythu "Tantifi! Tantifi! Tantifi!" nes bod y sŵn yn ego drwy'r strydoedd troellog.

"Beth yw dy enw di, fachgen ?" gofynnodd y Capten.

"Arthur-Arthur Ifan—o Gaergybi. Rwy'n gweithio mewn swyddfa Gyfreithiwr yn Llundain ers dwy flynedd. Rwy'n gobeithio bod yn gyfreithiwr yng Nghymru ryw ddiwrnod."

"Da iawn, fachgen—mae swydd Cyfreithiwr yn swydd dda. Mae e Jac Stephens yn 'u gyrru nhw'n ddi-drugaredd heno 'to. Mae e am gyrraedd y "Paun" yn Islington ryw bum munud cyn yr amser."

" O ? " meddai Arthur.

"Ydy," a wyddost ti i beth ? Er mwyn iddo fe gael y pum munud yna i swagro yn y dafarn ac i yfed brandi. Dyna pam nad oes gen i ddim golwg arno fe. Efalle 'i fod e'n un o'r Gyrwyr gore yn y wlad—ac mae'n rhaid 'i fod e' neu fydde fe ddim yn gyrru'r Mêl. Ond mae e'n lladd 'i geffylau, ac mae gen i barch i geffylau."

Wedi ennyd o ddistawrwydd aeth y Capten ymlaen wedyn—"Fe gefais i 'ngeni ar ffarm yn ymyl Bangor, ac mae gen i olwg fawr ar geffylau er pan own i'n fachgen bach. Ceffylau yw'r creaduriaid mwya' nobl yn y byd, ac mae'n gas gen i weld neb yn 'u trin nhw fel catal, fachgen—fel mae Jac Stephens yn 'u trin nhw."

Nid oedd Arthur wedi meddwl am hyn o'r blaen. Cofiai fod Gyrrwr Coets Fawr Caergybi'n arwr gan blant sir Fôn bob amser, a byddai plant yr ysgol yn swagro ac yn ceisio poeri fel yr hen Tom Ishmael, a arferai yrru'r "Irish Mail" o'r Amwythig i Gaergybi. Ac wrth gwrs, byddai ef, gartref, yn chwarae ' Coets ' ar ben y goeden afalau yng ngwaelod yr ardd wrtho'i hunan bach. Ac onid oedd e wedi tyngu mai gyrrwr Coets oedd e am fod ar ôl tyfu'n ddyn ? Ond nid oedd wedi meddwl am y *ceffylau* hyd y funud honno.

Edrychodd ar y Gyrrwr o'i flaen. Yng ngolau lampau'r Goets gallai weld gwar Jac Stephens, yn edrych yn anferth am fod pedair cot fawr amdano. Gwelodd y chwip hir yn ei law dde a'r awenau yn y llaw chwith, ac am y tro cyntaf dechreuodd feddwl pam yr oedd pob gyrrwr Coets a welodd erioed yn dal y chwip yn y llaw dde. Y llaw dde yw'r cryfa gan y rhan fwyaf o bobl ... rhaid felly—os oeddynt yn dal y chwip yn y llaw dde— fod y *chwip* yn bwysicach na'r awenau—"'Doeddwn i ddim wedi meddwl am hynna o'r blaen," meddai'n uchel, gan droi at y Capten.

"Meddwl am beth o'r blaen ?" gofynnodd hwnnw braidd yn syn.

"Am y ceffylau."

"O ? Wel, fachgen, mi fydda i'n meddwl am hynny bob tro y bydda i'n teithio mewn Coets. Wyddost ti nad yw'r ceffylau sy'n cael 'u defnyddio i wneud y gwaith yma ddim yn byw rhagor na rhyw dair blynedd ? Pa ! Mae hyd yn oed yr hen geffylau gwedd ar ffermydd mynyddig Cymru—ac mae bywyd digon caled ar rheini— yn byw nes byddan nhw'n ugain yn aml. Wyddost ti, mae yna stori'n cael 'i dweud am yr Arglwydd Stafford ...

fe brynodd geffyl rasio ifanc iddo'i hunan un tro. Ond un diwrnod, wrth 'i farchogaeth e' o gwmpas 'i stâd, fe wylltiodd y ceffyl yn sydyn am ryw reswm a thaflu'r gŵr bonheddig i'r llawr. Fe gafodd beth niwed wrth gwympo, ac mewn tymer ddrwg, fe werthodd y ceffyl i Chaplin—rwyt ti wedi clywed am Chaplin ?''

"Wrth gwrs." Pwy yn y wlad oedd heb glywed am Chaplin ? William Chaplin oedd perchen tafarn y *"Swan with two Necks"* yn Lad Lane, Llundain, lle roedd y Goets i Gaergybi'n cael ei chlymu wrth y ceffylau. Roedd Chaplin yn cadw tua dau gant o geffylau yn y *"Swan with Two Necks"*. Ond roedd y Capten yn mynd ymlaen â'i stori.

"Do, fe werthodd y ceffyl i Chaplin ac fe osododd hwnnw'r creadur i dynnu'r Goets. Mewn blwyddyn fe werthwyd y ceffyl, druan, am bunt. Dyna i gyd oedd 'i werth e ar ôl bod am flwyddyn yn tynnu'r Goets !''

Ond wrth wrando ar sŵn cyson y carnau ar y ffordd galed y funud honno, ac wrth gofio am yr olwg falch oedd arnynt yn cychwyn allan o Lombard Street, roedd hi'n anodd gan Arthur feddwl nad oedd y ceffylau'n hoffi'r gwaith.

Yng ngolau lampau mawr y Goets gallai weld eu cefnau'n sgleinio a'u myngau'n chwifio yn y gwynt.

"O leiaf mae nhw'n cael 'u gwres," meddyliodd.

Bu distawrwydd rhwng y ddau am dipyn, a'r Goets yn carlamu ymlaen drwy'r tywyllwch. Yna canodd y Gard ei gorn eto, a dechreuodd Arthur feddwl am y dyn yma â'r got goch, hardd a'r het â'r brêd aur arni. Oedd, roedd y Gard wedi ei wisgo'n wych iawn, ac roedd gan bawb barch mawr iddo. Ond meddyliodd Arthur na hoffai gael ei waith. Hoffai ef ddim teithio ar ben y Goets fel hyn bob nos trwy bob tywydd.

Yna clywodd y Goets yn arafu, a daeth gwesty mawr, a hwnnw'n olau i gyd i'r golwg o'u blaenau. Trodd y Goets i mewn i iard y gwesty a stopio. Ar wal uchel y gwesty gallai Arthur weld arwydd â llun paun arni, a gwyddai fod y Goets wedi cyrraedd Islington. Yr oedd llawer o bobl yn sefyllian o gwmpas—pob un wedi ei lapio mewn dillad cynnes. Rhedodd dau o weision y dafarn at bennau'r ceffylau, a neidiodd Jac Stephens i'r llawr a cherddodd yn fawreddog i mewn trwy'r drws agored, â'i chwip hir yn ei law.

Sylwodd Arthur fod y ceffylau'n mygu nes bod cwmwl gwyn amdanynt.

"Gad i ni ddisgyn am funud fach i ni gael cerdded tipyn o gwmpas yr iard yma i gael ein gwres," meddai'r Capten barfog. Yr oedd Arthur yn falch o'r cyfle oher-wydd roedd ei draed fel ia.

"*Don't wander off now*," gwaeddodd y Gard yn awdur-dodol.

Dechreuodd y Capten gerdded o gwmpas yn gyflym, gan daro'i draed ar y llawr caled yn awr ac yn y man. Gwnaeth Arthur yr un peth, a chyn bo hir dechreuodd deimlo'r gwaed yn llifo'n ôl i'w goesau unwaith eto.

Yna dyma Jac Stephens yn swagro allan o'r dafarn ac yn dringo'n ôl i'w sedd. Daeth rhai pobl allan o'r dafarn ar ei ôl i weld y Goets yn cychwyn, a chlosiodd y bobl oedd yn sefyllian o gwmpas yr iard yn nes—er mwyn gweld yr enwog Jac Stephens yn trin 'i "gatal".

Rhoddodd y "rhubanau" yn ei law chwith a chododd ei chwip hir yn uchel uwch cefnau'r ceffylau. Yna mae'n taflu llygad dros ei ysgwydd ar y Gard i weld fod pawb a phopeth yn iawn.

"*Let 'em go* !" gwaeddodd ar y ddau was a oedd yn dal pennau'r ceffylau. Neidiodd y rheiny'n ôl. Yr un eiliad roedd y Goets yn carlamu allan o iard y dafarn, a llais cras Jac Stephens yn gweiddi, uwchlaw sŵn yr olwynion a'r carnau, rywbeth a swniai'n debyg i "Sirha-a-a !" "Sirha-a-a !"

"Mi fyddwn ni'n newid ceffylau yn Barnet," meddai'r Capten.

"Faint o ffordd yw Barnet o Lundain ?" gofynnodd Arthur.

"Deuddeg milltir. Mi fyddwn ni yno erbyn ugain munud wedi naw. Am bum munud-ar-hugain wedi naw mi ddylen ni fod ar ein ffordd wedyn gyda cheffylau ffres."

"Efallai y bwddwn ni yno cyn yr amser," meddai Arthur, "gan fod Jac Stephens yn gyrru."

Ysgydwodd y Capten ei ben. "Na, 'dwy'i ddim yn meddwl. All hyd yn oed Jac Stephens ddim cael owns yn rhagor allan o geffylau wedi blino."

Yr oeddynt wedi gadael strydoedd poblog Llundain ar ôl erbyn hyn ac yn dechrau dod i olwg y wlad agored, er na allent weld ond y cloddiau yn y tywyllwch. Nid oedd hi'n rhy dywyll iddynt weld cysgod ambell dŷ mawr ar ochr y ffordd, serch hynny.

Yn sydyn gwelodd Arthur oleuadau'n rhuthro tuag atynt a'r eiliad nesaf yr oedd Coets ar ei ffordd i Lundain wedi mynd heibio iddynt fel mellten. Yr oedd y ddwy Goets wedi pasio mor agos i'w gilydd fel y cafodd Arthur dipyn o fraw.

"Whiw !" meddai, "roeddwn i'n meddwl fod y ddau'n mynd i daro !"

Ysgydwodd y Capten ei ben. "O na, mae rhaid iddyn nhw fod yn fwy gofalus y dyddiau 'ma, elli di fentro. Mae'r Gyrwyr yn gorfod talu o'u cyflogau eu hunain am unrhyw ddamwain sy'n digwydd nawr—hynny yw os gellir profi mai arnyn nhw mae'r bai. Mae na ormod o ddamweiniau wedi bod yn ddiweddar. Gwarchod pawb ! Mae na hen wragedd yn cael dychryn 'u bywyd ac yn llewygu yn amal iawn pan fydd rhywun fel Jac Stephens yn rasio â choets arall. Roedd na deithiwr o'r Gogledd yn dweud wrthyf fi yn Llundain un tro, na fydde fe byth yn teithio ar y "Tali-ho" o Birmingham nac ar y Mêl i Derby pan fyddai'r ddwy ar yr un "run". Roedd hi wedi mynd yn gystadleuaeth chwerw iawn rhwng Douglas, Gyrrwr y "Tali-ho" a Baring, Gyrrwr y Mêl, a 'doedd dim un ohonyn nhw am ildio i'r llall. Ac yn y diwedd fe wrthododd teithwyr fentro mynd ar y naill na'r llall. Wyddost ti, roedden nhw'n dweud fod Baring—os digwydde fe gyrraedd rhyw dafarn eiliad neu ddwy o flaen Douglas, yn gofyn i'r forwyn am blat cinio gwag a heb ei olchi, a dyna lle bydde fe'n eistedd wrth y ford yn sychu ei wefusau, fel pe bai wedi bod yno ers hanner awr ac wedi mwynhau cinio dda !''

Teimlai Arthur fod storïau'r Capten yn byrhau'r daith yn fawr iddo a cheisiodd gael ganddo gychwyn stori arall trwy ddweud, "Ond 'does 'na ddim sôn fod llawer yn cael 'u lladd oes e ?''

"Falle nagoes e. Ond mae'n nhw'n mynd yn gyflymach bob dydd, machgen i. Wyddost ti fod Jac Stephens yn mynd bymtheg milltir yr awr weithiau ?   Maen nhw'n dweud nad yw e ddim erioed wedi dymchwelyd 'i Goets, ond dwy'i ddim yn coelio hynny. Beth bynnag, fe achosodd i'r dandi ifanc hwnnw—beth oedd 'i enw fe—Paul Dudley i fynd dros y bont yn ymyl Stony Stratford lle mae'r afon Ouse yn croesi'r ffordd fawr.''

"Chlywais i ddim mo'r hanes hynny,'' meddai Arthur, gan dynnu ei sgarff yn dynnach am ei wyneb. Yr oedd yr oerfel wedi cripio i mewn i fêr ei esgyrn erbyn hyn, ac roedd y ffordd arw'n dechrau gwneud pob gewyn yn ei gorff yn boenus. Meddyliodd am y ffordd bell oedd ganddo eto i'w theithio cyn cyrraedd sir Fôn.

"Chlywaist ti ddim mo'r hanes ? Wel, roeddwn i'n meddwl fod pawb yn gwybod am y peth. Wel, gwneud bet wnaeth y ddau mewn tafarn yn Stony Stratford. Roedd gan y dandi ifanc gerbyd ysgafn un ceffyl wel-di. Roedd y cerbyd a'r ceffyl yn newydd ac roedd y gŵr ifanc yn awyddus i weld faint o yrrwr oedd e. Roedd y ras i fod o Stony Stratford i dafarn y "*Red Cow*", bum milltir i ffwrdd. Rywfodd neu 'i gilydd fe lwyddodd Jac Stephens i gael ei geffylau i ffwrdd drwch y blewyn o flaen y dandi. Roedd ceffylau'r Goets yn hen gyfarwydd â chychwyn yr eiliad y byddai'r Gyrrwr yn llacio'r ffrwyn, ac felly y bu hi'r tro hwn. Fe fu ceffyl y gŵr bonheddig ifanc ar y llaw arall yn prancio unwaith neu ddwy ar iard y dafarn cyn neidio ymlaen. Roedd y rhai oedd yn gweld y peth yn dweud na welson nhw erioed y fath fynd. Roedden nhw'n clywed sŵn y carnau a'r olwynion un funud ac yna roedd y ffordd yn wag a'r sŵn wedi darfod yn y pellter. Mae rhai'n dweud fod y gŵr bonheddig wedi dal i fyny â'r Goets sawl gwaith ond bod Jac wedi gwrthod lle iddo fynd heibio, ond choelia i ddim mo hynny chwaith, oherwydd mae'n rhaid i mi ddweud mae e'n ddyn rhy browd o'i allu fel Gyrrwr i wneud y fath beth. Beth bynnag fe aeth hi'n ymryson caled rhwng y ddau. Roedd y Goets yn drwm, ac mae ceffylau'r Goets yn blino'n weddol fuan. Beth bynnag, pan ddaethon nhw at y Bont y soniais i amdani, roedden nhw olwyn wrth olwyn. Sylwodd y dandi ifanc ddim mae'n debyg fod y ffordd wedi culhau wrth fynd dros y bont; yr oedd e'n rhy awyddus i fynd heibio i Jac Stephens goelia i, i feddwl am ddim arall. Efalle 'i fod e'n meddwl am y clod a ddeuai iddo os gallai ymffrostio iddo ennill ras â Choets Jac Stephens ! Ar ganol y bont daeth y ddau gerbyd i wrthdarawiad, a chan fod cerbyd y gŵr bonheddig mor ysgafn fe gafodd 'i daflu dros y canllaw i'r afon. Chafodd e ddim mo'i ladd ond fe gafodd wers i beidio a bod mor ffôl byth wedyn, ac wrth gwrs fe aeth enwogrwydd Jac Stephens yn fwy byth."

Edrychodd Arthur eto ar gefn mawr y dyn â'r awenau a'r chwip yn ei law. Fe garai gael ei adnabod yn well.

Yn sydyn torrodd sŵn corn y Gard ar ei glustiau nes gwneud iddo neidio o'i groen bron.

"Milltir eto ac mi fyddwn ni yn Barnet. Fe fydd y ceffylau yn cael 'u newid mewn munud ac yna mi fyddwn ni ar ein taith eto. Mae'r rhain wedi arafu—wyt ti wedi sylwi ?" gofynnodd y Capten.

"Ydw," atebodd Arthur, "a 'dyw Jac Stephens ddim yn 'u chwipio nhw 'nawr chware teg."

"Na. Mae e'n ddigon o hen law i wybod nad yw e naws gwell o chwipio ceffyl sy wedi rhoi'r cyfan sydd ganddo. Fe fydd y pedwar yma'n falch o weld stabl heno, rwy'n siŵr."

Canodd corn y Gard eto, ac fel pe taen nhw'n deall eu bod nhw'n nesu at ben eu taith fe gyflymodd y ceffylau ychydig. "Neu ai dychmygu wnes i ?" meddai Arthur wrtho'i hunan.

Yna gwelent olau'r gwesty mawr yn Barnet yn dod i'r golwg.

"Y *Bull*," meddai'r Capten. "Rhaid i ti fod yn gyflym os wyt ti am rywbeth i fwyta fan yma."

Cyn gynted ag y dywedodd y Capten y gair 'bwyta,' fe gofiodd Arthur yn sydyn fod eisiau bwyd arno. Roedd y gyrru drwy'r awyr oer a'r tywyllwch wedi ei wneud yn newynog iawn.

"Ŷch chi'n meddwl y bydd cyfle i gael rhywbeth fan yma ?" gofynnodd i'r Capten.

"Fe fydd y morynion allan mae'n debyg yn gwerthu cacennau. Darn o bastai gig y carwn i gael fy nannedd ynddi'r funud yma. 'Dwy'i ddim wedi profi darn go iawn o bastai gig ers wythnosau."

Rhedodd y Goets i mewn i iard y "*Bull*". Ar unwaith yr oedd y lle'n llawn prysurdeb gwyllt. Rhedodd morwyn fach â siwg yn ei llaw i gwrdd â Jac Stephens fel yr oedd hwnnw'n neidio i lawr yn anystwyth o'i sedd. Yr oedd

dau osler wrthi'n barod yn tynnu'r pedwar ceffyl, a oedd
wedi dwyn y Goets i Barnet, yn rhydd a dau arall yn
rhedeg allan o gysgod y stablau â phedwar ceffyl ffres.

Yr oedd gwraig ganol oed â hambwrdd yn ei dwylo'n
sefyll wrth ddrws y Goets â siwg a llestri a chacennau arni.
Hi oedd gwraig y dafarn yn amlwg, a hi oedd yn gofalu
am y bobl-well-na'i-gilydd a oedd yn teithio tu mewn i'r
Goets.

Yr oedd Arthur wedi tynnu arian o'i boced yn barod
i brynu rhywbeth i'w fwyta, ac yn awr yr oedd morwyn
arall yn sefyll yn ymyl yn cynnig bwyd a diod i'r teithwyr
ar ben y Goets. Prynodd y ddau ddarn o bastai gig a
dau wydriaid o frandi a dŵr, gan mai dyna'r unig beth
i'w yfed oedd gan y forwyn. Bu rhaid yfed y brandi-a-
dŵr ar unwaith oherwydd roedd y Gyrrwr eisioes wedi
dringo'n ôl i ben y Goets. Roedd y prif Osler yn edrych
y tro olaf ar y tresi i weld fod popeth yn ddiogel tra gwyliai
Jac Stephens yn ofalus. Yna camodd yr Osler yn ôl a
chododd ei law ar y Gyrrwr. Gydag un glec ar ei
chwip dyma Jac Stephens yn cychwyn ei gatal ar 'u
taith unwaith eto. Rhedai'r rhain yn fywiog am eu bod
yn ffres a theimlai Arthur dipyn o ryddhad fod ceffylau
eraill yn tynnu'r Goets. Yr oedd ef, fel y Capten, wedi
dechrau teimlo piti dros y lleill, oedd wedi rhedeg yr
holl ffordd o Lombard Street i Barnet.

Yr oedd y Goets yn teithio drwy'r wlad erbyn hyn er
bod nifer o dai ar ymyl y ffordd hefyd.

"Mae 'na ddigon o Gymry yn Barnet," meddai'r
Capten, "o leia' mae na ddigon o Gymry'n dod 'ma ar
hyd y flwyddyn. Yn Barnet mae'r farchnad wartheg
fawr—y fwya' yn y wlad, am wn i. Ac i Barnet mae'r
Porthmyn o Gymru'n dod i werthu da duon Cymru i'r
Saeson."

Roedd Arthur wedi clywed digon o sôn am Ffair
Barnet. Byddai'r hen Huw Jones y Porthmon a ddeuai
unwaith y flwyddyn i brynu gwartheg o gwmpas sir Fôn,

yn sôn llawer am Ffair Barnet. Cofiai amdano'n fachgen wrth y tân gartref yn y Pentir, a'r hen borthmon ar y sgiw yn sgwrsio â'i dad ac yn adrodd am ei anturiaethau ar y ffordd, ac yn y ffair fawr yn Barnet. A dyna fe wedi mynd trwy Barnet yn y nos heb ei weld.

Yr oedd ef a'r Capten wedi gorffen bwyta eu pastai gig ers amser, ac roedd distawrwydd wedi disgyn rhyngddynt yn awr—fel pe baent wedi blino siarad. Roedd hi'n oer iawn ac nid oedd fawr o deimlad yn eu cyrff erbyn hyn. Meddyliodd Arthur am y rhai a deithiai tu mewn i'r Goets a theimlai dipyn yn ddig wrthynt. "Mae nhw'n gynnes braf rwy'n siŵr," meddyliai. Ond pe bai e'n gwybod y cyfan doedd hi ddim mor braf ar y rhai a deithiai'r tu mewn chwaith. Yr oedd hi'n oer hyd yn oed yn y fan honno er bod sawl haen o wellt sych wedi eu lapio am draed y teithwyr. Ond yr oeddent allan o afael y gwynt main, ac yr oedd hynny'n rhywbeth. Wrth gwrs, ar y glaw yr oedd hi'n dipyn brafiach i fod tu mewn na thu allan. Cofiai Arthur yn aml am y daith gyntaf a gafodd ar y Goets Fawr erioed, pan oedd yn mynd i Lundain i ddechrau gwaith yn Swyddfa Carter a Summers, y Cyfreithwyr. O, roedd hi wedi tywallt y glaw bron drwy'r amser! Cofiodd ei fod yn wlyb o'i gorun i'w sawdl oriau cyn cyrraedd pen ei daith. Gwyddai na fyddai byth yn anghofio'r teimlad o fod yn wlyb at ei groen ar ben y Goets a'r oerfel yn ei esgyrn, a'i ddannedd yn clecian. Bryd hynny roedd e wedi tyngu llw na fyddai ef yn teithio ar y Goets byth eto nes byddai'n ddigon cyfoethog i allu talu pedair ceiniog y filltir—sef y tâl am deithio tu mewn gyda'r gwŷr a'r gwragedd gwellna'i-gilydd. Ond dyma fe wedi anghofio'r llw wedi'r cyfan ! Gwenodd wrtho'i hunan yn y tywyllwch. Yr oedd e'n lwcus i allu fforddio talu'r tair ceiniog y filltir am deithio tu allan, meddyliodd ! Oni bai fod ei fodryb Sara wedi anfon punt iddo gyda Huw Jones y Porthmon byddai wedi bod yn anodd. "Yn lle bod yr hogyn yn gorfod cerdded tua thre fel trempyn !" dyna oedd hi wedi ddwcud !

Ond y funud honno fe roddai Arthur y byd am gael bod y tu mewn lle'r oedd cysgod ac ychydig o olau o'r ddwy gannwyll fawr dew a oedd mewn dau ganhwyllharn cerfiedig uwchben y teithwyr. Gwyddai fod lle y tu mewn y noson honno. Nid oedd neb wedi dod i mewn er pan adawodd y Goets Lombard Street, felly dim ond y ddwy ddynes a'r ddau wr bonheddig oedd yno o hyd. Felly fe ellid bod wedi gwneud lle iddo ef yn burion.

PENNOD III

Y TU mewn i'r Goets yr oedd y ddau ŵr bonheddig
yn ceisio cysgu. Pwysai pen un ar ffon ddu â
chylch arian amdani, ond er bod ei lygaid ynghau nid
oedd yn cysgu, gan fod y Goets yn awr ac yn y man yn
mynd i dyllau yn y ffordd ac yn rhoi hergwd i'w
gadw ar ddihun. Nid oedd y ddwy ddynes yn cysgu.
Dwy Gymraes oedd rhain hefyd, ac yr oeddynt hwy'n
mynd ymhellach hyd yn oed nag Arthur, oherwydd yr
oedd y ddwy ar eu ffordd i Iwerddon. Mrs. Elen Parri a'i
merch, Olwen oeddynt. Yr oedd Mrs. Parri'n wraig i'r
Cyrnol John Parri o Gaernarfon, ond a oedd ar y pryd
yn gofalu am gatrawd o'r Fyddin yn Iwerddon. Ac yn
awr yr oedd y ddwy ar eu taith i Iwerddon i dreulio'r
Nadolig gyda'r Cyrnol.

Yr oedd Mrs. Parri'n wraig dlos iawn, er ei bod hi tua
hanner cant oed a'i gwallt yn dechrau britho. Ond yr
oedd ei merch yn dlysach fyth â'i hwyneb crwn, ei gwallt
du, cyrliog a'i chroen llyfn fel ifori. Yr oedd y ddwy'n
hynod o debyg i'w gilydd ac fe blesiwyd Mrs. Parri'n fawr
iawn pan ofynnodd un o'r ddau ŵr bonheddig ai dwy
chwaer oeddynt ! Ond er eu bod yn debyg iawn o ran
pryd a gwedd, yr oedd yna wahaniaeth mawr iawn yn
eu natur, serch hynny. Yr oedd Mrs. Parri'n nerfus ac
yn llawn ffws a ffwdan tra'r oedd ei merch yn eneth
ddireidus, barod i chwerthin. Hi oedd wedi llwyddo i
berswadio'i mam i ddod ar y daith hir, ac yn barod roedd
Mrs. Parri'n ei hatgoffa o hynny.

"Mae nhraed i fel ia," meddai hi'n rwgnachlyd, "wn
i yn y byd Olwen sut y gadewais i i chi nhwyllo i i ddod
ar y daith yma. Mi fydda i wedi cael niwmonia cyn
cyrraedd Iwerddon, gewch chi weld—hynny yw os na

fydd rhywbeth gwaeth wedi digwydd. 'Dwy'i ddim yn deall beth oedd ym meddwl eich tad pan ofynnodd e i ni fynd yr holl ffordd i Iwerddon !"

"Gadewch i mi lapio rhagor o wellt am eich traed chi, Mama."

"Na ! Peidiwch Olwen 'da chi â rhoi'r gwellt ofnadwy yna'n agos at 'y nhraed i, os gwelwch chi'n dda."

"Ond Mama, mae pawb yn . . ."

"Dim i mi diolch. Mae e'n llawn pryfed mân sy'n cerdded ar hyd eich coesau chi ; synnwn i ddim nad yw'r gwellt yn llawn chwain."

Gwenodd Olwen yn ddireidus braidd. Roedd cwyno a grwgnach ei mam bob amser yn gwneud iddi wenu, ac ni fyddai ei mam byth yn digio wrthi am wneud hynny, dyna oedd yn rhyfedd. A dweud y gwir roedd Olwen ers blynyddoedd wedi penderfynu nad oedd ei mam o ddifri'n aml iawn pan oedd hi'n cwyno. Dyna ei ffordd hi, ac roedd y fam a'r ferch yn deall ei gilydd i'r dim.

"Wyddech chi Olwen, mae'r siwrnai yma i Iwerddon yn mynd i gostio ugain punt i ni ! Glywsoch chi erioed y fath beth ? Ugain punt—erbyn y byddwn ni wedi cyrraedd pen ein taith. A dyna i chi gyflog dau was ffarm am flwyddyn ! Mae'r peth yn warthus ! Mae'n hen bryd i John, eich tad, ddod yn ôl i'r wlad yma yn lle gwastraffu ei amser tuag Iwerddon ffor' 'na, lle mae 'na berygl iddo gael ei saethu gan yr hen ' rebels ' ofnadwy yna."

"Nid rebels ydyn nhw a dweud y gwir, Mama, ond dynion yn mofyn gweld y Saeson yn mynd nôl i'w gwlad eu hunain a gadael i'r Gwyddelod lywodraethu Iwerddon."

"Twt ! Twt ! cariad, peidiwch â siarad nonsens felna 'da chi." Yna, wrth weld Olwen yn agor ei cheg eto, cododd ei llaw ddelicet ar ei merch.

"Na cariad—dim *politics* os gwelwch chi'n dda. Beth bynnag, mi fyddai'n llawer gwell pe bai eich tad yn rhoi ugain punt i ni brynu tipyn o ddillad newydd—rydyn ni'n edrych fel sipsiwn, cariad."

A dweud y gwir roedd y ddwy wedi eu gwisgo'n ddeniadol ac yn drwsiadus iawn. Gwenodd Olwen wrth edrych ar got deithio borffor gostus ei mam.

"O ! Mae'r ffordd 'ma'n amhosibl, Olwen !" Yr oedd y Goets newydd fynd dros dwll yn yr heol, "mi fydda' i wedi torri asgwrn 'y nghefn cyn cyrraedd Caergybi gewch chi weld. Hynny yw os cyrhaeddwn ni Gaergybi byth."

"Wrth gwrs y cyrhaeddwn ni, Mama."

"Wn i ddim, cariad, yn wir. Fe all unrhyw beth ddigwydd. Efalle fod y Gyrrwr wedi meddwi ac y bydd e'n dymchwelyd y Goets. Ond y peth mwyaf tebyg yw y daw eira cyn y bore. Yna mi fyddwn ni i gyd dros ein pennau mewn lluwch heb allu mynd ymlaen nac yn ôl. Wrth gwrs pan ddaw rhywun o hyd i ni mi fyddwn ni wedi hen farw yn yr oerfel . . ."

Chwarddodd Olwen yn uchel. "Mama ! Yn wir !"

Dihunodd y sŵn chwerthin y gŵr bonheddig a oedd yn eistedd yn y gornel yr ochr arall iddi. Cododd ei ben yn sydyn a gofynnodd rhwng cwsg ac effro, "*What time is it ?*" Nid atebodd neb ef, ac fe roddodd ei law yn ei boced-tu-mewn a thynnu allan wats anferth o fawr â chadwyn arian wrthi.

"*Hym ! Ten o'clock ; have we got to St. Albans yet ?*"

Ysgydwodd Mrs. Parri ei phen i arwyddo nad oedd hi'n gwybod ble ar y ddaear yr oedden nhw. Ond y funud honno clywent gorn y Gard yn canu uwch eu pennau, "Tantifi ! Tantifi ! Tantifi !"

"*Ah !*" meddai'r gŵr bonheddig, "*we're rolling in now.*"

Gofynnodd Mrs. Parri iddo yn ei Saesneg gorau a fyddai'r Goets yn aros yn St. Albans, a chafodd wybod mai dim ond am ddwy funud i newid ceffylau unwaith eto.

Yna clywsant y Goets yn arafu ac yn stopio.

"*One and a half minutes before time,*" meddai'r gŵr bonheddig gan roi ei wats fawr yn ôl yn ei boced.

Edrychodd Olwen allan drwy'r ffenest a gwelodd iard tafarn anferth o fawr ac ar yr arwydd uwchben y porth yr oedd llun pen yn gwisgo coron, ac, wedi ei sgrifennu o dan y pen yr oedd y geiriau "*The King's Head*".

Yr oedd clôs y dafarn yn olau i gyd a gweision a morynion yn rhedeg o gwmpas. Yma hefyd roedd y Gard yn gadael ei becyn cyntaf o lythyron.

Gwelodd Olwen Parri ef yn disgyn o ben y Goets ac yn estyn y pecyn i'r tafarnwr. Yna gwelodd hwnnw'n arwyddo papur i'r Gard i brofi ei fod wedi ei gadael yn ddiogel. Ond cyn pen winc yr oedd hi'n amser cychwyn eto. Clywodd lais y Gyrrwr yn gweiddi, "*Let 'em go!*" Gyda phlwc a fu bron a thaflu ei mam o'i sedd dyma'r Goets yn rhuthro ymaith unwaith eto.

Yr oedd wats fawr y gŵr bonheddig yn ei law.

"*Hm! two minutes dead. I have known him do better. He seems to be in a bad temper tonight.*"

"*Humph!*" meddai'r gŵr bonheddig arall a oedd wedi deffro pan stopiodd y Goets, "*he's problably drunk as usual.*"

Edrychodd Olwen ar ei mam. Yr oedd honno'n gwrando'n astud.

"Dyna ti, Olwen," meddai, fel pe tai honno'n gyfrifol fod y Gyrrwr wedi meddwi, "fe gawn ein lladd bob un, gei di weld."

Edrychodd y ddau ŵr bonheddig yn syn wrth glywed yr iaith ddieithr, ond ni ddywedodd yr un o'r ddau ddim.

Rhuthrodd y Goets drwy'r nos ac unwaith eto disgynnodd distawrwydd dros y cwmni tu mewn iddi. Aeth y ddau ŵr bonheddig i hepian cysgu ac am unwaith yr oedd Mrs. Parri wedi mynd yn fud. Edrychai Olwen allan drwy'r ffenestr a gwelai dai a phentrefi yn rhuthro heibio. Ond tywyll oedd y rhan fwyaf o ffenestri'r tai erbyn hyn gan ei bod yn tynnu am un-ar-ddeg o'r gloch y nos. Yr oeddent wedi teithio rhyw ddeng milltir ar

27

hugain erbyn hyn, er bod Olwen yn meddwl eu bod wedi teithio llawer mwy, a phe bai wedi meddwl fod ymhell dros ddau gant o filltiroedd ar ôl eto cyn iddynt gael y llong i Iwerddon, efallai y byddai'n teimlo dipyn yn fwy gofidus.

Y funud honno torrodd sŵn canu aflafar ar ei chlyw. Edrychodd ar ei mam a gwelodd hi'n sefyll i fyny yn ei sedd. Agorodd y Sais â'r ffon ddu ei lygaid.

"*Humph* !" meddai, fel petai'n siarad ag ef ei hun, "*Stephens—I knew he was drunk.*"

Ac yn wir yr oedd hi'n hawdd gwybod oddi wrth y gweiddi swnllyd mai dyn meddw oedd yn ceisio canu.

"Duw a'n helpo ni, cariad !" meddai Mrs. Parri. Rhaid bod y Sais wedi deall beth ddywedodd hi mewn rhyw ffordd oherwydd dywedodd wrthi,

"*Oh ! you dont have to worry, Madam. Stephens will get us to Stony Stratford in good time, even though he may be as drunk as a lord before we arrive there.*"

Diolchodd Mrs. Parri iddo am y geiriau hynny o gysur, a bu distawrwydd eto y tu mewn i'r Goets. Ymhen tipyn fe dawelodd y llais meddw ar ben y Goets hefyd ac nid oedd dim i'w glywed ond sŵn pedolau ac olwynion ar y ffordd galed.

Y MLAEN ac ymlaen y rhuthrai'r Goets trwy'r nos,
trwy drefi a phentrefi tywyll, i fyny ac i lawr y
rhiwiau. Ambell dro âi'r olwynion trwy byllau dŵr wedi
rhewi a gallai'r teithwyr glywed sŵn fel sŵn gwydr yn
torri. Ambell waith hefyd fe godai sŵn y carnau a'r
olwynion yn uwch yn sydyn. Gwyddai'r teithwyr wedyn
eu bod yn mynd dros bont ac mai'r ceudod o dani oedd
yn gwneud i'r sŵn gynyddu am foment.

Canai corn y Gard o hyd ac o hyd. Canai pan oedd yn
nesáu at dafarn lle'r oedd y Goets i newid ceffylau neu
pan fyddai'n dod at bentre lle'r oedd i adael y Mêl.
Clywai'r dyn a oedd yn cadw'r Swyddfa Bost y corn yn
canu yn y pellter a gwyddai fod rhaid iddo fod wrth
ffenest y llofft yn barod i daflu un bag Mêl i'r Gard ac i
dderbyn bag arall i mewn, a'r cyfan i gyd heb i'r Goets
stopio na hyd yn oed arafu llawer iawn. Gwyddai hefyd
y byddai'r Mêl yn mynd ymlaen gyda'r Goets os na
fyddai ef wrth y ffenestr yn barod i'w dderbyn.

Canai corn y Gard hefyd i rybuddio ceidwad y toll-
borth fod y Mêl ar y ffordd a gwae i hwnnw druan pe
bai wedi methu codi ar alwad y corn i agor y glwyd
fawr, i'r Gyrrwr gael carlamu trwodd heb arafu dim.
Er bod pob coets arall yn gorfod talu am fynd trwy'r
tollbyrth, yr oedd y *"Royal Mail"* yn rhydd i fynd ble y
mynnai heb dalu'r un ddimai.

Nid oedd hawl gan neb rwystro'r Mêl. Byddai rhaid i
goets neu wagen neu gerbyd symud i ochr y ffordd i
wneud lle i'r Mêl fynd heibio. Gallai unrhyw un a oedd
yn gwrthod gwneud hyn gael ei gosbi gan y Gyfraith.

Erbyn hyn yr oedd hi'n tynnu am hanner nos â'r

Goets yn nesau at Stony Stratford lle byddai cyfle i gael ychydig fwyd.

Yr oedd Olwen, hyd yn oed, yn teimlo'n gysglyd ac yn flinedig yn awr a theimlai fod sŵn cyson y ceffylau'n rhedeg a sŵn yr olwynion dros y cerrig ar y ffordd wedi ei byddaru.

Yna'n sydyn roedd pawb yn y Goets yn effro. Yr hyn a oedd wedi dihuno pawb mor ddi-rybudd oedd gwaedd uchel o'r tu allan.

"Lladron pen-ffordd, cariad, gewch chi weld !" meddai Mrs. Parri, a'i llais yn awgrymu ei bod hi wedi proffwydo hyn cyn cychwyn. Ond yr oedd y Goets yn dal i fynd er ei bod wedi arafu. Yn awr yr oedd sŵn dadlau ffyrnig yn mynd ymlaen ar ben y Goets. Swniai fel pe bai'r Gyrrwr yn gweiddi, a rhywun yn gweiddi'n ôl arno.

Yna dyma'r Goets yn stopio.

Mentrodd Olwen agor y ffenest ychydig a rhuthrodd awel oer y nos i mewn. Ond yn awr gallent glywed yr hyn oedd yn mynd ymlaen rhwng y Gyrrwr, y Gard, a dyn morwrol yr olwg â barf frith ganddo. Yr oedd y Gyrrwr yn chwifio'i chwip a'r Gard yn cerdded yn ôl a blaen yn nerfus rhyngddo ef a'r dyn barfog.

Deallodd Olwen yn fuan beth oedd wedi digwydd. Yr oedd rhywun wedi cwympo o ben y Goets ac yn awr yr oedd y Gyrrwr a'r Gard yn gwrthod mynd yn ôl i'w mofyn. Dadleuai'r dyn â'r farf ei bod yn gwastraffu amser fan honno'n cweryla â'i gilydd ; pe bai'r Gyrrwr wedi troi'n ôl ar unwaith byddent ar eu taith i gyd erbyn hyn. Yr oedd gan y Gard rhyw fath o wats fawr mewn câs lledr a daliai i edrych arni. Clywodd Olwen ef yn ei galw'n "*Time-piece*" a gellid meddwl ei bod yn bwysicach na'r dyn oedd wedi cwympo o ben y Goets ac a oedd y foment honno efallai yn gorwedd ar y ffordd galed wedi brifo'n arw.

Agorodd Olwen ddrws y Goets a chamodd allan i'r ffordd.

"Olwen ! Olwen ! Dewch nôl ar unwaith," meddai ei mam, gan wthio'i phen allan drwy'r ffenestr.

Ond ni chymerodd Olwen unrhyw sylw. Yn lle hynny aeth at y tri dyn a oedd yn dadlau ar ganol y ffordd. Trodd Mrs. Parri at y ddau ŵr bonheddig a oedd yn eistedd yn ddigon hamddenol yn eu seddau.

"Will one of you gentlemen please tell me what has happened." Why has the coach stopped ?"

"A young gentleman has dropped off," meddai'r Sais â'r ffon.

"Dropped off ?"

"Yes, Ma'am, it happens all the time. If you drop off to sleep, you drop off the coach. That's what probably happened to the young gentleman in question."

Teimlai Mrs. Parri ryddhad mawr ar ôl clywed nad lladron penffordd oedd wedi ymosod ar y Goets wedi'r cyfan. Yn awr agorodd y drws a chamodd hithau allan i'r ffordd i weld beth oedd yn mynd ymlaen rhwng ei merch a'r dynion oedd wedi bod yn gweiddi ar ei gilydd funud yn ôl. Safai'r Gyrrwr ar ganol y ffordd yn taro cledr ei law â bôn ei chwip o hyd ac o hyd, tra cerddai'r Gard i fyny ac i lawr â'r *"Time-piece"* yn ei law. Ond nid oedd sôn am Olwen na'r dyn â'r farf.

"What has happened to my daugnter ?" gofynnodd i'r Gyrrwr, gan mai hwnnw oedd y nesaf ati ar y pryd.

"She be off to look for the young 'un, Ma'am," Yr oedd ei dafod yn dew.

"The young 'un ?"

"The young fool that dropped off, Ma'am. A power o' trouble I've 'ad with people dropping off in all the years I've been a Coachey." Ysgydwodd ei ben a gwgodd yn feddw arni.

Ar hyn daeth y Gard atynt.

"I shall give them one minute and no more." meddai'n awdurdodol.

31

"But you cant leave without my daughter !" meddai Mrs. Parry.

"I shall leave without all three of them, Ma'am. The Mail must be on time. Do you know Ma'am that people throughout the country are setting their clocks by the Mail. What's the use of setting clocks by the Mail that doesn't keep proper time ?"

Eglurodd Mrs. Parri ei bod ar y ffordd i Iwerddon i dreulio'r Nadolig gyda'i gŵr ac na allai hi fynd yno heb ei merch. Dywedodd hefyd ei bod yn synnu eu bod yn *meddwl* am fynd heb y tri theithiwr a oedd wedi talu am eu lle ar y Goets.

"I shall give them one minute ! No I wont—now its only half a minute !" meddai'r Gard gan fynd yn fwy gwyllt a di-amynedd bob eiliad. Apeliodd Mrs. Parri at y Gyrrwr. ond ysgydwodd hwnnw 'i ben.

"He's the boss of the Mail, Ma'am. He's the Guard. and what he says goes, or the Postmaster up in London will want to know about it."

"Well Jack, start her up ! We'll be two minutes late at Stony Stratford as it is, you'll see !"

Dechreuodd Mrs. Parri wylltio'n lân.

"Na ! Na !" meddai yn Gymraeg. Yna dechreuodd weiddi nerth ei cheg, "Olwen ! Olwen !"

Yna clywodd lais yn ateb yn y pellter.

Yr oedd y Gyrrwr wedi hanner dringo i ben y Goets, ond wedi clywed y llais pell, fe ddisgynnodd eto. Tynnodd botel fach ddu o'i boced a chymerodd lwnc go hir ohoni.

"Easy with the bottle now, Jack," meddai'r Gard, *"you'll need a clear head if we want to make up some of the lost time."*

Erbyn hyn gallent glywed sŵn traed ar y ffordd galed a chyn bo hir daeth Olwen i'r golwg yng ngolau lampau'r Goets ac ar ei hôl y dyn barfog. Ar gefn hwnnw yn hollol anymwybodol yr oedd Arthur. Fe oedd wedi cwympo o ben y Goets.

"Ydy e . . ydy e'n fyw ?" gofynnodd Mrs. Parri i Olwen.

"Rhaid cilio o ffordd y Mêl !"
(O hen brint yn meddiant Llyfrgelloedd ac Amgueddfa Bwrdeistref Tottenham)

Rhai llythyron yn cyrraedd, a rhai'n cael eu gyrru mlaen gyda'r Goets

(O hen brint, ym meddiant y Swyddfa Bost)

"Ydy," meddai'r dyn barfog, "mae e wedi taro'i ben wrth gwympo. Cymro o sir Fôn yw e. Fe fyddai wedi marw yn yr oerfel, mae'n siŵr, oni bai i ni fynd yn ôl i'w mofyn." Edrychodd yn wgus ar y Gard a'r Gyrrwr wrth ddweud hyn. Synnodd Mrs. Parri ei fod yn siarad Cymraeg, ond synnodd fwy pan glywodd y Gard sarrug yn gofyn, "*What shall we do with him now* ?"

"*He will ride inside for the rest of the journey,*" meddai'r Capten barfog.

"*Ah, good sir,*" meddai'r Gyrrwr, "*that's easier said than done. You see the charge for riding inside is four pennies per mile and he has only booked a place outside at three penies per mile.*"

Aeth y Capten yn wyllt .

"*But the young man is unconscious ! When he comes to, I dare say he will pay you the extra himself. If he fails, I will !*"

Edrychai'r Gyrrwr yn amheus. Ond yr oedd y Gard wedi dringo i'w sedd ar ben y Goets. Gosododd ei gorn wrth ei enau a chwythu "Tantifi" "Tantifi" "Tantifi!"

Ar unwaith neidiodd y Gyrrwr i ben y Goets hefyd. Gwthiodd y Capten Arthur i mewn i'r Goets cyn gynted ag y gallai. Yna estynnodd law i'r fam a'r ferch fynd i mewn ar ei ôl.

"*Take her away* !" gwaeddodd y Gard, ac roedd y Goets wedi dechrau symud cyn i'r Capten gyrraedd ei sedd ar ei phen. Yna yr oeddynt yn rhuthro drwy'r nos unwaith eto.

PENNOD V

YNG ngolau'r ddwy gannwyll tu mewn i'r Goets
cafodd y fam a'r ferch gyfle gwell i weld y bachgen
ifanc yma a oedd wedi bod yn ddigon anffodus i gwympo
o ben y Goets. Gorweddai'n union yn y fan lle'r oedd y
Capten wedi ei osod, â'i lygaid ynghau. Ond roedd e'n
anadlu—fe allai'r ddwy weld ei fynwes yn mynd i fyny ac
i lawr. Edrychai ei wyneb yn welw iawn ac ar ei dalcen
yr oedd clwyf agored a hwnnw'n dal i waedu tipyn.

"O dier, cariad, beth allwn ni wneud i'r bachgen ?"
gofynnodd Mrs. Parri.

Petrusodd Olwen am foment yna cododd waelod ei
ffrog las hir. Daeth ei phais wen, â honno'n frodwaith i
gyd, i'r golwg.

"Cariad ! Beth ŷch chi'n neud ?"

Ond cyn trafferthu ateb, cydiodd Olwen yn hem y bais
â'i dwy law. Clywodd pawb yn y Goets sŵn rhwygo, a'r
funud nesaf yr oedd Olwen yn dal darn hir o liain gwyn,
glân yn ei llaw.

"Olwen, cariad, rhag eich cwilydd chi !" Gwenodd
Olwen arni. Plygodd dros Arthur yn ei gornel ac yn
ofalus clymodd y cadach am y clwyf ar ei dalcen.

"*Would you care to give him some of this, young Miss ?*"
gofynnodd y Sais â'r ffon ddu. Yn ei law yr oedd fflasg
fechan ac roedd honno, fel y cylch am ben ei ffon, wedi
eu gwneud o arian. Cymerodd Olwen y fflasg o'i law ac
wedi tynnu'r corcyn fe geisiodd roi tipyn rhwng gwefusau
Arthur. Gan fod ei geg yn gil-agored fe lwyddodd i gael
y brandi (waeth dyna oedd yn y fflasg), i mewn i'w geg.
Ar unwaith gwelsant ef yn dechrau dod ato'i hunan. Fe
symudodd ei ben a'i freichiau yn gyntaf ac yna fe agorodd
ei lygaid led y pen. Edrychodd yn araf o un wyneb i'r

34

llall nes dod at wyneb Olwen. Flynyddoedd ar ôl hynny byddai Arthur yn arfer dweud iddo ddechrau meddwl y byd o Olwen o'r foment honno ymlaen. Beth bynnag am hynny, ar ôl iddo unwaith edrych ar ei hwyneb yng ngolau canhwyllau'r Goets, ni allai dynnu ei lygaid oddi arno. Ac yr oedd hi'n gwenu ! Nid oedd ganddo un syniad ymhle'r oedd na pheth oedd wedi digwydd iddo. Ni allai gofio am funud o ble'r oedd e wedi dod nac i ble'r oedd e'n mynd. Yr oedd eisoes wedi deall ei fod yn teithio mewn Coets oherwydd gallai glywed sŵn carnau'r ceffylau a rhuthr yr olwynion. Ond sut yn y byd yr oedd e wedi disgyn ymhlith y bobl ddierth yma ?

Yr oedd ganddo gur ofnadwy yn ei ben. Cododd ei law at ei dalcen a theimlodd y cadach gwyn. Yr oedd gwaed wedi dod trwyddo a theimlodd yntau rywbeth llaith ar ei fysedd. Edrychodd yn syn arnynt a gwelodd ei fod wedi ei glwyfo mewn rhyw fodd.

"Beth . . . ?" Yr oedd ei ben yn brifo gormod iddo allu dweud rhagor.

"Fe gwympoch chi o ben y Goets." meddai'r ferch hardd wrtho, gan ddal i wenu. Roedd hi'n siarad Cymraeg !

"Mae'n syndod eich bod chi'n fyw, cofiwch !" meddai hi wedyn. "Mae'n rhaid fod gennych chi ben caled iawn . . ."

Fe geisiodd Arthur wenu pan glywodd hyn, ond roedd ei ben yn dechrau troi eto a'i feddyliau'n dechrau crwydro. Erbyn hyn roedd e'n dechrau cofio pethau, ond bod popeth yn gawdel yn ei ymennydd. Caeodd ei lygaid i geisio rhoi trefn ar ei feddwl. Ble'r oedd y Capten ? Cofiodd iddo deimlo'n gysglyd ar ben y Goets, ac am yr oerfel a oedd wedi mynd i'w esgyrn. Ond i ble roedd e'n mynd ? Teimlodd ei hunan yn suddo i ryw bwll tawel, tywyll lle nad oedd eisiau meddwl na chofio. Yr oedd wedi colli arno'i hunan eto.

Edrychodd Olwen braidd yn ofidus ar ei mam.

"Rwy'n meddwl mai gwell fydd gadael llonydd iddo, cariad. Fe ddaw ato'i hunan pan gawn ni rywbeth poeth i'w yfed iddo. Mae e'n edrych yn oer on'd yw e ? Rwy'n meddwl mai cysgu mae e nawr. Ac os taw e, gore i gyd iddo gael llonydd."

"Beth yw 'i enw fe wn i ?" gofynnodd Olwen yn feddylgar. "Mae e'n mynd i Gymru mae'n debyg, Mama. Faint yw 'i oed e' fu'sech chi'n ddweud ?"

"Fu'swn i ddim yn meddwl 'i fod e'n ugain oed wrth 'i olwg e."

"Mae e'n fachgen golygus on'd yw e, Mama ?"

"Olwen ! Rhag eich c'wilydd chi ! Efalle mai ffugio cysgu mae e—efalle 'i fod e'n eich clywed chi !"

Chwarddodd Olwen yn hapus.

"Ŷch chi'n meddwl, Mama, 'i fod e'n ŵr bonheddig ? Yn ' Syr ' rhywbeth neu'i gilydd efalle ?"

"Gŵr bonheddig yn teithio tu allan ar ben y Goets ?" Roedd Mrs. Parri'n wawdlyd.

"Bachgen ifanc o Gymro wedi mynd i Lundain i wneud 'i ffortiwn yw e, Mama. Mae 'na ddigon ohonyn nhw. A nawr mae e'n mynd adre dros y Nadolig . . ."

Ond nid oedd Mrs. Parri'n fodlon rhoi cyfle i'r eneth gellwair rhagor, a gwyddai mai'r unig ffordd i roi taw arni oedd ei hanwybyddu'n llwyr. Felly troes ei phen ac edrychodd allan drwy'r ffenestr.

Yna canodd corn y Gard yn uchel unwaith eto.

"Ah ! *Stony Stratford at last !*" meddai'r Sais â'r ffon ddu, "*I shall be home in half an hour, and thank goodness for that.*"

Arafodd y Goets ymhen ychydig ac yna daeth iard tafarn y "*Royal George*" i'r golwg, a honno'n olau i gyd. O gwmpas yr iard safai nifer o weision y dafarn yn disgwyl y Goets. Roedd hi'n ugain munud wedi deuddeg a'r Mêl bum munud yn hwyr.

Yr oedd celyn gwyrdd yn addurno ffenestri'r "*Royal George*" i ddangos fod y Nadolig wrth y drws. Yma cai'r teithwyr ugain munud brin i gael pryd o fwyd cynnes a chyfle i wresogi tipyn wrth danllwyth o dân mawr. Cyn gynted ag y stopiodd y Goets agorodd y drysau a daeth y teithwyr allan i'r iard. Tyrrodd y gweision o gwmpas y Gyrrwr i holi pam yr oedd y Goets yn hwyr, ond swagrodd hwnnw heibio iddynt ac i mewn i'r dafarn heb drafferthu eu hateb. Disgynnodd y teithwyr o do'r Goets hefyd a daeth y Capten i weld sut oedd Arthur yn dod ymlaen. Ond cysgu'n dawel a wnâi hwnnw o hyd.

Wrth weld Olwen yn aros mewn petruster ar ganol yr iard dywedodd y Capten, "Ewch chi i gael pryd o fwyd, Miss, fe ofalaf fi ar 'i ôl e." Aeth Olwen a'i mam i mewn i'r dafarn. Fe'u cawsant eu hunain mewn ystafell anferth o fawr â llenni cochion, trwm dros y ffenestri. Ar ganol y llawr yr oedd bwrdd wedi ei osod yn barod â phob math bron o fwydydd arno. Ar ganol y bwrdd yr oedd ham gyfan wedi 'i berwi ac yn barod i'w bwyta. Yr oedd arno hefyd fara a phastai gig fawr ynghyd â llestri tê, a thebot arian a hwnnw'n mygu.

Yn Stony Stratford yr oedd siwrnai Jac Stevens yn dod i ben. O'r fan honno ymlaen byddai Gyrrwr a Gard newydd yn gofalu am Goets Caergybi. Yn awr safai Jac ar ganol y llawr yn cyffwrdd â'i dalcen i'r teithwyr, mewn gobaith y byddent yn rhoi "*tip*" iddo. Ond go ychydig o hwyl oedd ar y teithwyr i roi dim iddo.

Yr oedd y ddau Sais a oedd yn teithio gyda Mrs. Parri a'i merch tu mewn i'r Goets eisioes wedi eu gosod eu hunain o flaen y tân ac ni cheisiodd yr un ohonynt symud o'r neilltu i wneud lle iddynt hwy dwymo tipyn. Ond yn fuan iawn daeth gwraig y dafarn o'r cefn a dweud wrth bawb am eistedd wrth y bwrdd i fwyta. Nid oedd angen iddi ddweud fwy nag unwaith oherwydd roedd pawb ar newynu.

Os oedd hi'n oer tu allan yr oedd hi'n gysurus a chynnes dros ben yng nghegin fawr y dafarn. Cyn bo hir yr oedd gwrid coch ar wyneb pawb a dim ond eu traed oedd yn dal yn ddi-deimlad gan yr oerfel. Ond yn fuan iawn yr oedd rheini wedi cynhesu hefyd a theimlai pawb yn gyfforddus dros ben.

Daeth y Gard a'r Gyrrwr newydd o rywle. Dyn aml ei gotiau oedd y Gyrrwr newydd hefyd a thros y cotiau eraill gwisgai got felen fawr â sawl coler iddi a elwid yn 'Benjamin'. Yn ei law yr oedd ei chwip hir. Trosglwyddodd yr hen Gard y Mêl i'r tafarnwr a'r "*Time-Piece*" i'r Gard newydd. Tu allan gallai pawb glywed sŵn gweiddi a sŵn carnau ceffylau a gwyddent fod y gweision wrthi'n rhoi'r ceffylau ffres wrth y Goets yn barod i fynd â hi ymlaen eto tua'r Gorllewin.

"*Five more minutes, ladies and gentlemen*," meddai'r Gard newydd, ac allan ag ef drwy'r drws, bron cyn gynted ag y daeth i mewn. Gwyddai na thalai hi ddim i adael y gist yng nghefn y Goets heb rywun i'w gwylio o hyd.

Fel yr oedd y Gard yn mynd allan cerddodd y Capten ac Arthur i mewn. Yr oedd Arthur wedi dod ato'i hunan ar ôl i'r Capten roi tipyn o frandi a dŵr poeth iddo ac yn awr roedd ef wedi llwyddo i gerdded i mewn i'r dafarn ar ei goesau ei hun. Nid oedd ei ben yn brifo agos cymaint erbyn hyn. Ei gwestiwn cyntaf i'r Capten ar ôl agor ei lygaid a gweld y Goets yn wâg oedd—beth oedd wedi digwydd i'r ferch hardd ? Fe gymerodd dipyn bach o amser i egluro popeth a oedd wedi digwydd iddo ac ar ôl clywed yr hanes i gyd gwyddai Arthur ei fod yn ddyledus i'r Capten a'r eneth, efallai, am achub ei fywyd.

Fe deimlai'n swil iawn wrth gerdded i mewn i'r golau yn y gegin a gweld yr eneth a'i mam yn eistedd wrth y bwrdd. Yr oedd am fynd atynt i ddiolch iddynt am eu caredigrwydd ond ni allai yn ei fyw ddod o hyd i ddigon o ddewrder i fynd atynt.

Ond gwelodd Olwen yn codi o'i sedd ac yn rhedeg ato.

"Ydych chi'n teimlo'n well ?" gofynnodd.

"Ydw, diolch," atebodd Arthur, "ac rwy' i am ddiolch

i chi am—am bopeth wnaethoch chi—mae'r Capten wedi dweud wrthyf."

"Tewch â sôn !" meddai'r eneth gan chwerthin. "Mae Mama a minnau wedi bod yn ceisio dyfalu pwy ydych chi . . ." Yr oedd golwg gellweirus arni.

"Arthur Ifan yw fy enw i. Rwy'n byw yng Nghaergybi ond yn gweithio mewn swyddfa gyfreithwyr yn Llundain. A hwn yw'r Capten Lewis Wiliam o Fangor, ond ei fod yntau hefyd yn gweithio yn Llundain—yn Swyddfa'r Llynges."

Bowiodd y Capten iddi.

"Oes modd i ni gael gwybod i bwy rwy'n ddyledus am drin y clwy 'ma ar 'y mhen i ?" gofynnodd Arthur, gan deimlo dipyn yn falch o'r ffordd yr oedd e wedi llwyddo i ofyn ei henw.

"Olwen Parri ydw i," meddai hithau, "ar y ffordd i Iwerddon i dreulio'r Nadolig gyda nhad sy'n Gyrnol ar y fyddin yno. Mae Mam a minnau yn byw yn Llundain hefyd ar hyn o bryd."

Teimlodd Arthur ryw ryddhad mawr o glywed hyn. Fe fyddai byw yn y Brifddinas dipyn yn llai unig pe bai'n gallu dod i nabod Olwen yn well. Yna ysgydwodd ei ben i erlid y meddyliau ffôl. Edrychodd ar ei ffrog hir, gostus a'i het ffasiynol, a gwyddai ei bod yn perthyn i'r bobl gyfoethog. Yr oedd hi'n ferch i Gyrnol ac yntau'n fab i ffermwr bach o Gaergybi.

Daeth Mrs. Parri atynt yn awr.

"Mr. Arthur Ifan, Mama, cyfreithiwr yn Llundain, ond yn dod o sir Fôn," meddai Olwen gan ei gyflwyno i Mrs. Parri. Gwridodd Arthur hyd fôn ei wallt wrth edrych ar y wraig hardd a thrwsiadus o'i flaen.

Fe fwriadai ddweud wrthi mai cellwair yr oedd ei merch wrth ddweud ei fod yn gyfreithiwr, ac nad oedd ef yn ddim ond prentis-gyfreithiwr ar y pryd, a bod ganddo sawl arholiad caled o'i flaen eto cyn y gallai ei alw 'i hun yn gyfreithiwr llawn. Ond rywfodd gwrthodai'r geiriau ddod.

Fe geisiodd fowio'n foesgar iddi, gan chwilio'i ben yr un pryd am rywbeth call i'w ddweud wrthi.

"Gobeithio eich bod chi'n well, Mr. Ifan," meddai Mrs. Parri, "rŷch chi'n lwcus iawn eich bod chi'n fyw, cofiwch. Roedd y Gyrrwr a'r Gard am fynd a'ch gadael chi ar ôl."

"Fe wn i hynny yn iawn, Ma'am, ac rwy'n deall mod i'n ddyledus iawn i chi a'ch merch am achub fy mywyd i."

Tro Mrs. Parri i wrido tipyn oedd hi yn awr. Wedi'r cyfan doedd hi ddim wedi gwneud dim ynghylch y mater o gwbwl !

Pesychodd yn ei llaw.

"Mae'n bywydau ni i gyd mewn perygl ar y ffordd y dyddiau hyn Mr. Ifan, rhwng lladron-pen-ffordd a pheryglon eraill o bob math; mae eisie dewrder mawr cyn mentro ar daith i unman."

"Byddai'n dda gen i, Ma'am pe baech chi'n galw Arthur arna' i os gwelwch chi'n dda, a chwithe hefyd Miss Parri . . ."

Edrychodd Mrs. Parri braidd yn syn arno, a gwelodd Olwen yn gwenu. Gwnaeth hyn iddo wrido eto a theimlo'n anesmwyth iawn.

Ond y foment honno canodd corn y Gard y tu allan a gwyddai pawb fod yr amser wedi dod i gychwyn eto ar eu taith.

Brysiodd pawb am y drws.

Yr oedd y Capten wedi bod yn siarad a'r Gard a'r Gyrrwr newydd ac yn awr dywedodd wrth Arthur ei fod wedi trefnu iddyn nhw ei dau deithio tu mewn o'r fan honno ymlaen. Gan fod y ddau Sais wedi gadael y Goets yn Stony Stratford a neb arall wedi dod i mewn, roedd lle bellach i'r ddau ohonyn nhw. Gofidiai Arthur fod y siwrnai adre'n mynd i fod yn fwy costus nag y tybiodd, ond roedd ganddo sofren felen yn ei boced heb sôn am fân ddarnau arian hefyd, ac felly fyddai dim anhawster ynglŷn â thalu'r gost ychwanegol am deithio tu mewn. Yn wir fe deimlai'n ddiolchgar fod y Capten wedi gwneud y trefniadau, oherwydd gwyddai na allai deithio ar ben y Goets drwy'r oerfel â'i ben wedi brifo. Ond yn bennaf yr oedd e'n falch o gael teithio tu mewn am fod hynny'n rhoi cyfle iddo gyd-deithio âg Olwen Parri.

PENNOD VI

Caewyd drysau'r Goets. Am y tro beth bynnag dim ond Cymry oedd yn teithio tu mewn. Ar ben y Goets yn awr nid oedd ond un teithiwr—sef y dyn distaw hwnnw wedi ei lapio 'i hun â gormod o ddillad gwresog i neb weld ei wyneb.

Safai osler wrth bennau'r pedwar ceffyl llamsachus a oedd yn dyheu am gael cychwyn ar eu taith. Ond yr oedd llygad yr osler ar y Gyrrwr.

"*Let 'em go* !" gwaeddodd hwnnw. Neidiodd yr osler yn ôl ac ar yr un eiliad neidiodd y ceffylau ymaith. Unwaith eto yr oedd Mêl Caergybi ar ei thaith.

Bu distawrwydd am dipyn bach tu fewn i'r Goets, fel petai pawb yn rhy swil i gychwyn y siarad. Yn rhyfedd iawn Arthur oedd y cyntaf i dorri'r garw.

"Ydych chi'n nabod y Gyrrwr yma, Capten ?" gofynnodd.

"Ydw, Nic Summers yw e. Roedd e'n arfer gyrru rhwng Stony Stratford a Llundain ond mae Stephens wedi cael y "*run*" yna bellach. Sylwaist ti na thorrodd yr un o'r ddau air â'i gilydd yn y dafarn ? Maen nhw'n dweud fod Stephens, a oedd yn arfer gyrru Coets i gwmni preifat o Islington, wedi gwrthod cilio o ffordd y Mêl pan oedd Nic yn 'i yrru fe tua Barnet ffor' yna. Y canlyniad fu i'r Mêl fynd i'r gwter a chael 'i niweidio'n go ddrwg. Yn yr ymholiad wedyn fe ddwedodd Stephens mai Nic oedd wedi ceisio rhuthro heibio iddo mewn man cul ac wedi mynd i'r gwter oherwydd hynny. Roedd gan Stephens lawer o ffrindie mewn swyddi pwysig yn Llundain, ac mae'n debyg mai ei stori fe gafodd ei chredu. Yn fuan wedyn fe gafodd Nic ei symud i Birmingham ac fe gafodd Stephens yrru'r Mêl rhwng Llundain a Stony Stratford yn ei le."

"Mi fu'swn i'n barod i gredu unrhyw beth am y Gyrrwr meddw yna ddaeth â ni i Stony Stratford," meddai Mrs. Parri.

"P'un ohonyn nhw yw'r Gyrrwr gorau ?" gofynnodd Arthur.

"Wel, fe ddwedwn i mai Nic Summers, er y byddai llawer yn anghytuno â mi mae'n debyg. Wrth gwrs, Stephens yw'r dewin gyda cheffylau—does neb yn gallu profi 'i fod e wedi dymchwelyd y Goets erioed. Nawr mae hynny'n gamp go fawr ac ystyried ei fod e'n feddw hanner ei amser, ac yn gyrru fel y Gŵr Drwg 'i hunan, trwy bob tywydd. Ond Nic sy'n gwybod sut i *barchu*'i geffylau. Dyw e byth yn 'i fflamio hi o un dafarn i'r llall. *Steady going* yw hi gyda Nic bob amser. Ie, i fi—Nic yw'r Gyrrwr gorau. Ond yn rhyfedd iawn Stephens sy'n cael y clod. Mae yna wŷr bonheddig yn Llundain sy'n hanner addoli'r gwalch !"

"Rydych chi'n gwybod llawer o hanes Gyrwyr y Goets, Capten," meddai Olwen.

"Ydw, Miss Parri, mae gen i gyfaill yn gweithio yn y Swyddfa Bost yn Lombard Street—rydyn ni'n dau'n rhannu'r un llety, ac felly rwy'n cael tipyn o hanes y "*Royal Mail*" gydag e'. Ac wrth gwrs, rhaid i chi gofio mod i wedi teithio ffordd yma lawer gwaith cyn heno."

"Ydych chi wedi digwydd gweld rhywun yn mynd i gysgu ac yn cwympo o ben y Goets o'r blaen ?" gofynnodd yr eneth gellweirus.

"Na, dim erioed o'r blaen !" Gwenodd y Capten, gan daflu llygad slei ar Arthur. Gwelodd fod hwnnw'n gwenu ac yn gwrido yr un pryd. "Ond cofiwch rwy'i wedi clywed am hynny'n digwydd lawer gwaith. Fe ddigwyddodd i hen borthmon o Gaer yn ôl yr hanes. Roedd e'n teithio nôl o Lundain ar ben y Mêl, medden nhw, ac wedi yfed tipyn yn ormod i gadw'i hunan yn gynnes, ac fe aeth i gysgu. Roedd ganddo, os yw'r stori'n wir, lond ei bocedi o sofrins melyn, ar ôl bod yn gwerthu gwartheg o Gymru yn ffair Barnet. Wel, mae'n debyg iddo gwympo yn ymyl rhyw ddarn o gomin bach ar ochr y ffordd. Dywedir fod y sofrins wedi rowlio allan o'i bocedi ar hyd y ffordd a thros y borfa yn ymyl. Fe stopiodd y Goets a'i godi fe. Roedd yntau, fel Arthur yma, wedi brifo'i ben ac yn hollol anymwybodol. Pan ddaeth y Goets i'r dafarn lle'r oedden nhw'n mynd i newid ceffylau. fe ddaeth y Porthmon ato'i hunan. Pan roddodd e 'i ddwylo yn ei bocedi a chael fod bron pob un o'r sofrins wedi mynd, fe ddechreuodd gyhuddo'r Gyrrwr a'r Gard a'r teithwyr a phawb.

Aeth e ddim mlaen am Gaer gyda'r Goets y noson honno. Yn lle hynny fe fenthycodd geffyl o'r dafarn a gyrru nerth carnau hwnnw yn ôl i'r fan lle'r oedd e wedi cwympo. Ond doedd hi ddim yn hawdd dod o hyd i'r fan. Gan na wyddai ef 'i hunan ymhle roedd e wedi cwympo, roedd rhaid iddo ddibynnu ar yr hyn roedd y teithwyr eraill wedi'i ddweud wrtho. Fe fu'n chwilio drwy'r nos mae'n debyg, a bore trannoeth, fe welodd rhyw blant yn chware ar y darn o gomin bach yn ymyl y ffordd. A'r gêm roedden nhw'n chware oedd chwilio am sofrins melyn yn y borfa ! Ddaeth e na'r plant byth o hyd i'r cyfan yn ôl yr hanes, a dywedir fod pobl mewn oed a phlant wedi bod yn chwilio'r darn bach hwnnw o gomin am wythnosau wedyn.''

"Ydych chi wedi clywed fod yna lawer o ladron penffordd o gwmpas y dyddiau hyn, Capten ?" gofynnodd Mrs. Parri.

"Llai o lawer nag a fu yn yr hen ddyddiau, Ma'am. A pheth arall—wrth deithio ar y Mêl yr ydych chi'n llawer mwy diogel. Fydd y giwed ddim yn mentro ymosod ar y Mêl. Heblaw bod y Gard yn eistedd tu ôl fanna â'i wn mawr yn barod, mae'n nhw'n gwybod yn dda fod ymosod ar y Mêl yn drosedd mawr iawn ; a fyddai dim trugaredd o gwbwl i leidr pen-ffordd pe bai e'n cael 'i ddal yn gwneud hynny. Na, rwy'n credu y gallwch chi fod yn esmwyth eich meddwl, Ma'am, ynghylch lladron pen-ffordd beth bynnag."

Bowiodd Mrs. Parri 'ldo, "Diolch yn fawr Capten, gobeithio nad ydych chi udim yn dweud hynna er mwyn cysuro tipyn arna' i."

"Na, na. Wyddech chi—mae pob Gard ar y Mêl wedi ei ddewis yn ofalus. Maent yn fechgyn y gallwch chi ddibynnu arnyn nhw. Mi fyddan nhw'n amddiffyn y Mêl hyd angau. Ac mae ganddynt hawl i saethu unrhyw un fydd yn ymosod ar y Mêl."

"Mae'n nhw'n edrych yn smart iawn yn 'u cotie cochion a'r botymau gloyw beth bynnag," meddai Olwen. "Mae'n nhw siŵr o fod yn ennill cyflog dda."

"Wel, mae'n dibynnu faint ŷch chi'n feddwl sy'n gyflog dda, Miss Parri. Rwy'n deall mai tri swllt ar ddeg yr wythnos maen nhw'n ennill, ac fe gedwir tri swllt yn ôl bob wythnos, er mwyn iddyn nhw allu cael eu talu pan fyddan nhw'n sâl. Ond cofiwch mae'r Gard yn ennill tipyn ar wahan i'w gyflog. Mae e'n cael llawer o gil-dwrn neu *tips* gan y teithwyr a chan bobl ar y ffordd am ddod â neges o Lundain neu rywle arall. Hefyd fe sy'n cael unrhyw dâl oddi wrth deithwyr sy'n mynd siwrnai fer nad yw'n costio mwy na swllt Yn aml iawn mae'r Gard yn gwneud punt yr wythnos ar wahân i'w gyflog."

"A beth am y Gyrrwr ?" gofynnodd Olwen.

"O mae e'n 'i gwneud hi'n go lew hefyd, Miss Parri. Yn aml iawn fe gaiff e sofren felen gan rhyw ddandi ifanc dim ond am adael iddo yrru'r Goets am filltir neu ddwy. Mae'r gwŷr bonheddig ifainc yn 'i chyfri hi'n fraint fawr iawn os cân nhw yrru'r Mêl. Mae'n debyg nad yw hi ddim yn hawdd trin pedwar ceffyl a'r rheini'n rhedeg nerth eu traed ar hyd ffyrdd troellog. Wrth gwrs 'dyw pobl y Swyddfa yn Llundain ddim yn fodlon i beth fel yna, ac yn aml iawn fe fydd y Gyrrwr yn cael ei newid os dôn' nhw i wybod ei fod yn gadael i rywun arall yrru'r Goets. Cofiwch chi, nid y Swyddfa Bost yn Llundain sy'n talu'r Gyrrwr. O na Wiliam Churchill, o'r *"Swan with Two Necks"*. . enw rhyfedd iawn ar dŷ tafarn yn Llundain fel y gwyddoch chi—sy'n talu Gyrwyr y Mêl yma. O ydyn'—mae Gyrwyr y Mêl yn ennill arian da rhwng popeth."

"O, mae pawb wedi clywed am Wiliam Churchill wrth gwrs," meddai Mrs. Parri. "Mae e'n ddyn cyfoethog iawn erbyn hyn, er mai Gyrrwr oedd e 'i hunan unwaith, medden nhw."

"Ie," meddai'r Capten, "rŷch chi'n iawn. Ond erbyn heddi mae'n nhw'n dweud fod ganddo fe dros ddau gant o geffylau yn stablau'r *"Swan with Two Necks"* yn unig, heb sôn am y gwestai eraill sy' ganddo fe ar hyd a lled y wlad."

"Ydy' e'n fwy cyfoethog nag Edward Sherman fu'sech chi'n ddweud ?" gofynnodd Arthur.

Meddyliodd y Capten am funud.

"Rwy'n meddwl 'i fod e erbyn hyn. Er, cofiwch mae Mr. Sherman yn nhafarn y *"Bull and Mouth"* yn gwneud llawer o fusnes hefyd."

"Fe yw perchen y ' *Wonder* '," meddai Mrs. Parri. "Fe geisiodd Olwen a fi gael lle ar y *"Wonder"* ond roedd e'n llawn."

"O, 'dwy'n synnu dim, Madam," meddai'r Capten. "Mae'r ' *Wonder* ' yn goets enwog iawn ac mae pawb yn mofyn teithio arni. Wyddech chi 'i bod hi'n cyrraedd Amwythig o Lundain mewn pedair awr ar ddeg a hanner ! Dyna i chi deithio ! Mae yna yn agos i gant a hanner o filltiroedd rhwng Llundain ac Amwythig ac mae'r *"Wonder"* yn gorfod aros dros awr ar y ffordd, i'r teithwyr gael bwyd a phethau felly. Mae'r *"Wonder"* yn gadael Llundain am hanner awr wedi chwech yn y bore ac yn cyrraedd Amwythig am un-ar-ddeg o'r gloch y nos. Dyna'r tro cyntaf erioed i'r siwrnai gael ei gwneud yn ystod yr un diwrnod. O na, dwy'n synnu dim i chi fethu a cael lle ar y *"Wonder"*—dyna'r Goets gyflyma yn y wlad ar hyn o bryd—ie, a'r gyflyma yn y byd, synnwn i fawr."

"Pa bryd y cyrhaeddwn ni Amwythig ?" gofynnodd Olwen.

"O, mae'r Mêl bron cystal â'r ' *Wonder* ' erbyn hyn, cofiwch. Fe fyddwn ni yno tua hanner dydd fory os cawn ni lwc ar y ffordd."

"Os cawn ni lwc ddwetsoch chi, Capten Wiliam?" meddai Mrs. Parri. "Ie, mae'n debyg y bydd rhaid i ni gael tipyn o lwc i gyrraedd o gwbwl !"

Gwenodd y Capten gan ddangos ei ddannedd gwynion.

"Wel, mae rhaid cael tipyn bach o lwc o hyd, Mrs. Parri. Er fy mod i'n teimlo'n siŵr y cyrhaeddwn ni ben ein taith yn ddiogel—eto—pe baem ni'n anlwcus fe allai cymaint o bethau fynd o le. Fe allai'r Goets fynd i'r gwter yn y tywyllwch a dymchwelyd, fe allai un o'r ceffylau lithro ar yr ia ar y ffordd a thorri ei goes. Fe allai olwyn ddod yn rhydd . . . ."

"Dyna ddigon Capten Wiliam os gwelwch yn dda," meddai Olwen gan wenu, "neu fe fydd Mama'n siŵr o gael ffit."

Ar unwaith sylweddolodd y Capten beth oedd e wedi ei wneud.

"Madam," meddai gan droi at Mrs. Parri, "chymrwn i ddim mo'r byd am eich dychryn chi. Nid dyna oedd 'y mwriad i o gwbwl . . . ."

"Mae'n iawn, mae'n iawn, Capten Wiliam," atebodd hithau, "roedd yn dda gen i wybod y gwaetha. Pan gytunais i i ddod ar y siwrnai faith yma roeddwn i wedi paratoi i wynebu'r gwaetha'. Beth bynnag fydd yn digwydd i ni ar y daith yma, fydd e ddim yn sioc i fi cofiwch !"

Gwenodd y Capten wrth weld Olwen yn wincio arno.

"Wel, Ma'am, rhaid i ni i gyd ein rhoi ein hunain yng

ngofal Rhagluniaeth. Rwyf fi beth bynnag yn teimlo'n ffyddiog y bydda' i'n cyrraedd Bangor yn ddiogel ac mewn pryd i dreulio'r Nadolig gyda 'ngwraig. Fe garwn i gredu eich bod chwithau'n teimlo'r un mor ffyddiog."

Canodd corn y Gard y funud honno. Edrychodd Arthur allan drwy'r ffenestr a gwelodd eu bod mewn pentre neu dre dywyll. Arafodd y Goets a gwelodd Arthur ffenestr o'i flaen â golau ynddi. Yr oedd y ffenestr ar agor a dyn yn ei ŵn nos a'i gap yn sefyll ynddi â bag yn ei law. Gwelodd y dyn yn estyn y bag i'r Gard, ac ar yr un pryd taflodd y Gard fag arall iddo yntau. Yna roedd y Goets yn cyflymu unwaith eto. Fel yna roedd y Gard wedi rhoi'r llythyron o Lundain i'r Postfeistr yn y pentre tywyll hwnnw—heb i'r Goets orfod stopio a cholli amser. Ar yr un pryd roedd e wedi derbyn y llythyron a oedd i fynd ar eu taith tua'r Gorllewin.

"Tantifi ! Tantifi ! Tantifi !"

(Hawlfraint y Swyddfa Bost)

Y' gwas wedi cysgu'n hwyr pan ddylai fod wedi paratoi ceffylau ffres i'r Goets.

PENNOD VII

A DWEUD y gwir roedd Mrs. Parri'n teimlo'n llawer hapusach wedi cael dau Gymro gyda hi i siarad â hi yn ei hiaith ei hunan ar y daith drwy'r tywyllwch. Ond ni fuasai'n fodlon cyfaddef hynny am y byd serch hynny !

"Cofiwch chi, Mrs. Parri," meddai'r Capten, "mae'r ffyrdd yn llawer mwy diogel erbyn hyn. Ac mae'r ffordd yma yn well na'r un arall ym Mhrydain fel y gwyddoch chi. A leni, wrth gwrs, fydd dim rhaid i chi groesi afon Menai ar y cwch, oherwydd mae Pont fawr Telford wedi ei hagor. Busnes beryglus ofnadwy oedd croesi'r Fenai ar y fferi, coeliwch chi fi. Fe wyddost ti Arthur hynny cystal â finne. Mae môr Afon Menai'n gallu bod yn dwyllodrus iawn, ac mae 'na lawer o fywydau wedi 'u colli wrth groesi."

"Cael ceffylau'r Goets i'r cwch oedd y broblem o hyd," meddai Arthur. "Roedd rhaid 'u chwipio nhw'n ddidrugaredd cyn 'u cael nhw i adael tir sych."

"O rwy'n edrych ymlaen at weld Pont Telford !" meddai Olwen, "a fydd hi'n olau dydd pan ddown ni ati ?"

Chwarddodd y Capten ac ysgydwodd ei ben.

"Na, rwy'n ofni y bydd nos arall wedi dod cyn y cyrhaeddwn ni Bont Menai, Miss Parri, ond fe fydd yn fendith i chi gael croesi ar hyd ffordd galed sych. Mae'n debyg nad oes yr un ohonom ni wedi gweld y bont newydd !"

Na, nid oedd yr un ohonynt wedi gweld rhyfeddod mawr Telford wedi ei orffen.

"Fe fu yna amser, Mrs. Parri, fel y gwyddoch chi," meddai'r Capten eto, "pan fyddai rhaid i chi groesi dwy

49

fferi cyn cyrraedd Caergybi—un yng Nghonwy a'r llall ar draws y Fenai. Roedd enw drwg iawn gan fferi Conwy yn yr hen amser—yn waeth o lawer na fferi Bangor am ryw reswm. Wyddech chi—ugain mlynedd yn ôl i'r Nadolig hwn fe suddodd y Mêl a'r fferi wrth groesi'r aber yng Nghonwy ac fe foddwyd tri-ar-ddeg o bobol a'r pedwar ceffyl. Y ddamwain honno oedd un rheswm pam y dechreuodd y Goets redeg trwy Amwythig ac nid trwy Gaer i Gaergybi. O na, Mrs. Parri, pe baech chi'n teithio'r ffordd yma ugain mlynedd yn ôl fe fyddai gennych chi ddigon o achos ofni—ond nawr— wel—a ffordd Telford a'r Bont ar draws y Fenai—mae pob gobaith y cyrhaeddwn ni ben ein taith yn ddiogel ac mewn pryd. Felly byddwch yn galonnog Ma'am, os gwelwch yn dda."

"Yr ydych chi'n gysur mawr i ni i gyd, Capten Wiliam."
Yr oedd y Capten yn falch iawn o glywed Mrs. Parri'n dweud hyn. Gwenodd yn garedig arni.

"Flynyddoedd mawr yn ôl," meddai, "fe ddigwyddodd rhywbeth rhyfedd iawn yn hanes hen fferi Conwy."

Edrychodd o gwmpas yr wynebau yn y Goets i weld a oeddynt yn barod i wrando arno, ac wedi gweld fod golwg eiddgar ar o leiaf ddau o'r wynebau fe aeth ymlaen â'i stori.

"Roedd hi'n ddiwrnod ffair yng Nghonwy ac roedd merch ifanc o'r enw Ann Tomos wedi addo cwrdd â'i chariad yn y ffair. Roedd hi wedi dod yr holl ffordd o Greuddyn, yr ochr yma i afon Conwy, ac roedd yntau yn dod i'w chwrdd hi o Lanfairfechan, dros Benmaen-mawr. Mae'r ffordd dros Benmaenmawr, fel y gwyddoch chi, yn dirwyn dros ddibyn anferth uwchben y môr. Mae'r ffordd honno'n beryglus bob amser, ond y diwrnod hwnnw roedd storm o wynt yn chwythu. Gwyddai'r bachgen ifanc (Siôn Hwmffre oedd ei enw)—ei bod yn fwy peryglus nag arfer i groesi'r mynydd y diwrnod hwnnw. Ond yr oedd wedi addo cwrdd â'i gariad yn y ffair yng Nghonwy, a mynd i Gonwy a wnâi, beth bynnag a ddeuai i'w rwystro. Yr oedd ganddo ffon onnen gref yn ei law a dringodd tuag at y dibyn yn gyflym. Teimlai'r gwynt cryf yn cydio ynddo, ond cerddai'n benderfynol yn ei flaen gan wyro'i ben yn erbyn y storm. Daeth i ben y clogwyn anferth a dychrynllyd hwnnw uwchben y môr. Yn y fan honno rhuai'r gwynt fel anifail gwallgof o gwmpas y creigiau. Yna daeth un chwythwm cryfach na'r lleill i gyd a chollodd Siôn ei draed ar y pentir. Fe'i teimlodd ei hunan yn syrthio dros y dibyn i gyfeiriad y môr a chredodd yn siŵr fod ei ddiwedd wedi dod. Erbyn hyn yr oedd yn rowlio fel pêl dros y creigiau serth. Wedi rowlio a chwympo felly am amser, sylweddolodd yn sydyn ei fod wedi stopio. Agorodd ei lygaid a gweld ei fod wedi ei ddal gan ddarn pigfain o graig. Gallai weld y môr yn berwi odano, ond am foment beth bynnag yr oedd yn ddiogel. Taflodd ei freichiau am y graig rhag ofn y byddai'r gwynt ffyrnig yn ei chwythu eto i gyfeiriad y môr. Yn y fan honno y bu am oriau yn meddwl am Ann, ei gariad yn chwilio amdano yn y ffair. A fyddai hi'n meddwl ei fod wedi torri ei addewid ac wedi ei thwyllo ?

Wedi dod o Greuddyn at lan afon Conwy gwelodd Ann, druan, fod y môr yn yr Aber yn stormus iawn a'r gwynt yn chwipio'r tonnau nes bod ewyn yn hedfan trwy'r awyr fel eira. Yr oedd eraill wedi dod yno hefyd gyda'r bwriad o gymryd y fferi dros yr afon, er mwyn treulio diwrnod yn y ffair. Yr oedd gwragedd y ffermydd yno â'u basgedi o wyau ac ymenyn i'w gwerthu yn y ffair. Ond yr oedd y tonnau ffyrnig yn codi dychryn ar bawb. Dywedodd un hen ŵr wrthynt am fynd adre bob un yn hytrach na mentro ar draws yr Aber yn y fath dywydd. Gwrandawodd rhai ar ei eiriau a throi tua thref. Ond roedd y bobl ifainc yn fodlon mentro unrhyw beth er mwyn cael mynd i'r ffair, a'r diwedd fu iddynt berswadio'r cychwr i fynd â'r fferi ar draws yr Aber i'r ochr arall.

Yr oedd Ann Tomos yn un o'r cyntaf i roi troed ar y fferi gan ei bod hi'n benderfynol o beidio a thorri ei haddewid i'w chariad.

Wedi gweld y bobl ifainc yn mentro, mentrodd y gwragedd â'r basgedi hefyd, a chyn bo hir yr oedd pawb wedi cymryd ei le ar y cwch . Yn wir, yr oedd gormod o lawer o bobl ar y fferi fel y dywedodd y cychwr wrthynt. Ond erbyn hyn roedd pawb yn benderfynol o fynd i'r ffair. Unwaith yn y flwyddyn y cynhelid y ffair fawr honno, ac onid oedd digon o hwyl a sbort i'w gael ar ôl cyrraedd yno ?

Yn ôl yr hanes yr oedd yn agos i bedwar ugain o bobl ar y fferi pan gychwynnodd o'r lan. Ar ganol yr Aber daeth chwythwm mawr o wynt (efallai yr un chwythwm â hwnnw a daflodd Siôn Wmffre dros y dibyn), a chyn pen winc yr oedd y cwch, a oedd wedi ei or-lwytho, wedi dymchwelyd ynghanol y tonnau brigwyn. Aeth i'r gwaelod ar unwaith a'r basgedi â'u llond o wyau, ymenyn a chaws.

Gwelodd y gwylwyr ar y lan ambell law yn codi uwch ben y dŵr fel pe bai rhywrai'n ceisio chwifio ffarwel olaf â hwy, ac yna nid oedd dim ar ôl ar wyneb y dŵr ond yr ewyn gwyn, creulon.

Roedd hi mor stormus fel na feddyliodd neb fod gobaith achub yr un o'r teithwyr. Teimlai pawb ei bod hi'n wastraff amser edrych am gymaint ag un person byw ynghanol y fath donnau. Ond fe achubwyd un—a dim ond un o'r teithwyr ar y fferi y diwrnod hwnnw. Honno oedd Ann Tomos o'r Creuddyn. Rywfodd neu 'i gilydd fe'i cafodd ei hunan yn cydio yn un o rwyfau'r fferi, a honno a'i cadwodd rhag boddi. Yna chwythodd y gwynt hi tua'r lan arall ac yna—ymhen awr a hanner ar ôl rhoi troed ar y fferi, tynnwyd hi o'r dŵr gan hen bysgotwr a oedd wedi dod i lawr i edrych a oedd ei gwch wedi ei angori'n ddigon saff rhag y storm.

Achubwyd bywyd ei chariad hefyd meddai'r stori, gan fugail a oedd wedi digwydd dod heibio a'i weld obry ar y graig. Yn ôl yr hen hanes fe briododd Siôn Hwmffre o Lanfairfechan ei gariad Ann Tomos o Greuddyn ac fe fu'r ddau fyw yn hapus am flynyddoedd maith iawn—yn wir fe fu Ann fyw nes oedd hi'n gant ac un-ar-bymtheg, a'i gŵr nes oedd e'n gant ac ugain medden nhw !''

Bu distawrwydd ar ôl i'r Capten orffen ei stori. Dim ond sŵn olwynion oedd i'w glywed am foment.

"Diolch byth nad oes dim rhaid i ni groesi ar y fferi yng Nghonwy,'' meddai Mrs. Parri.

"Na, fydd yna ddim fferi yng Nghonwy nac ym Mangor mwy wrth gwrs, oherwydd fe fydd pontydd Telford yn gwneud 'u gwaith nhw. Wyddoch chi faint a gafodd perchennog y fferi ym Mangor fel iawn-dâl am fod y bont wedi gwneud i ffwrdd â'r angen am gwch ?''

"Rown i'n arfer nabod y ddynes oedd yn berchen fferi Bangor,'' meddai Mrs. Parri, "Miss Jane Silence Williams oedd 'i henw hi, ac roedd rhyw hen daid iddi wedi prynu'r fferi am ryw ddau can punt yn agos i ddwy ganrif yn ôl. Ydw i'n iawn ?''

"Yn berffaith iawn, Mrs. Parri. Wel, erbyn heddiw mae Miss Jane Silence Williams yn werth arian mawr iawn, waeth fe gafodd dros chwe mil ar hugain o bunnoedd o iawn-dâl am orfod cau'r fferi !''

"Whiw !'' meddai Arthur.

"A wyddoch chi beth maen' nhw'n ddweud ar hyd a lled y wlad yn awr amdani ?'' gofynnodd y Capten. Ysgydwodd y lleill eu pennau. *"Silence is Golden,"* meddai'r Capten.

Chwarddodd Olwen ar unwaith a gwenodd Arthur, ond ni allai Mrs. Parri weld y jôc. Yna, wedi edrych yn syn ar y Capten, dechreuodd hithau chwerthin.

"O ie . . . *Silence* . . . *is golden* . . . yr hen ddihareb . . . *golden.''* ie da iawn, Capten . . . am i' bod hi mor gyf-oethog !''

PENNOD VIII

Yʀ oedd hi'n berfeddion nos erbyn hyn, a'r cwmni
bach tu mewn i'r Goets wedi distewi. Am y tro,
beth bynnag, roedd y Capten hyd yn oed wedi mynd yn
fud. 'Roeddynt wedi newid ceffylau ddwywaith er pan
adawodd y Goets Stony Stratford. Teimlai pob un o'r
pedwar yn swrth ac yn flinedig iawn.

Yna clywsant gorn y Gard yn canu'n uchel uwch eu
pennau. Rhaid eu bod yn nesáu at Swyddfa Bost neu
dollborth meddyliodd Arthur, oherwydd roedd hi'n rhy
fuan i newid ceffylau eto.

Clywsant y Goets yn arafu—ac yna'n stopio. Edrych-
odd pawb ar ei gilydd.

"Be' sy' ?" meddai Mrs. Parri, gan edrych ar y Capten.

"Dim, Madam. Peidiwch a mynd i gwrdd â gofid 'da
chi," atebodd hwnnw. Nid oedd dim i'w glywed am
eiliad ond sŵn carnau'r ceffylau aflonydd yn taro'r
ffordd galed yn eu hawydd am gael mynd.

Yna torrodd gwaedd uchel ar eu clyw. Cododd y
Capten ar ei draed ac aeth at y ffenest. Yn awr yr oedd y
nos yn llawn sŵn gweiddi uchel.

Agorodd y Capten y drws ac aeth allan. Yng ngolau'r
Goets gwelai eu bod wedi dod at dollborth a'r glwyd yng
nghau ar draws y ffordd. Yr oedd y Gard wedi neidio i
lawr o ben y Goets ac yn awr yr oedd wrth ffenestr tŷ
bach y tollborth â'i gorn hir wrth ei enau. Canodd
chwythiad anferth ar y corn a gwnaeth ddigon o sŵn i
ddeffro'r meirw. Erbyn hyn roedd Arthur wedi disgyn
o'r Goets hefyd, ac yn y ffenestr roedd pen Mrs. Parri.

"Fyddwch chi cystal â rhoi gwybod i ni, Capten, beth
sy' wedi digwydd ?" gofynnodd.

Chwarddodd y Capten.

"Wel Ma'am. Fe allwn i feddwl mai peth digon cyffredin sy' wedi digwydd, mae ceidwad y tollborth wedi mynd i gysgu yn lle bod ar ddi-hun i agor y glwyd i'r Mêl."

"O !" meddai Mrs. Parri, yn union fel pe bai'n siomedig nad oedd dim mwy cynhyrfus wedi digwydd.

Clywsant ddrws bwthyn ceidwad y tollborth yn agor, ac yng ngolau lampau'r Goets gwelsant ddyn main yn dod i'r golwg yn droednoeth ac yn ei grys nos. Yr oedd lantarn yn ei law.

Aeth y Gard ato a'i ysgwyd fel cath yn ysgwyd llygoden, a gollyngodd y truan y lantarn o'i law. Gwnaeth hyn y Gard yn fwy cynddeiriog fyth. Clywsant ef yn bygwth ac yn rhegi.

"Fe fydd hi ar ben arno fe ar ôl hyn," meddai'r Capten.

"Y ceidwad ?" meddai Arthur.

"Ie, mae e wedi'i gwneud hi heno ! Mae'n drosedd anfaddeuol i gadw'r Mêl i aros wrth y tollborth."

Erbyn hyn roedd y dyn main yn ei grys nos wedi agor y glwyd fawr.

"*All aboard* !" gwaeddodd y Gard, gan neidio i ben y Goets.

Aeth Arthur a'r Capten yn ôl ac i mewn i'r Goets at Mrs. Parri ac Olwen.

Wrth fynd heibio'r tollborth gwelsant chwip hir y Gyrrwr yn disgyn ar goesau noeth y dyn tenau. Gwelsant ef yn gwingo fel neidr ac yn rhedeg yn frysiog am y tŷ.

"Dyna'r Mêl wedi colli dwy funud o leia'," meddai'r Capten, "yn awr fe fydd rhaid i Nic ennill yr amser yn ôl rywfodd cyn cyrraedd Birmingham."

"Ydy peth felna'n digwydd yn aml, Capten ?" gofynnodd Olwen. Erbyn hyn roedd pob un o'r cwmni wedi bywiogi tipyn eto.

"O ydy. Cofiwch chi, hen waith diflas sydd gan geidwad y tollborth druan. I ddechrau, cyflog sâl iawn mae e'n gael ; a meddyliwch am y creadur yn gorfod codi bob

amser o'r nos i agor y glwyd i'r Mêl. Ac nid yn unig i'r
Mêl, ond i bob math o gerbyd sy'n teithio ar hyd nos.
Mae pawb yn ddig wrth geidwad y Tollborth, druan.
Mae pawb sy'n gorfod talu iddo am fynd trwy'r glwyd
yn ei gasáu â chas perffaith, heb sylweddoli nad fe sy'n
cael yr arian, ond ei feistri.

Mae ei feistri wedyn, bob amser yn amau ei fod yn
cadw tipyn o'r arian sy'n cael eu casglu wrth y Tollborth,
iddo'i hunan. Felly does ganddo fe ddim un ffrind yn y
byd. Ar ffordd fawr fel hon mae ef a'i wraig yn gofalu
am y glwyd bob yn ail—y wraig yn ystod y dydd efallai,
ac yntau yn ystod y nos. Y ffermwyr bach tlawd sy'n
fwyaf dig tuag at y tollbyrth, wrth gwrs. Mae'r rhan
fwyaf ohonyn nhw'n rhy dlawd i allu talu am fynd â
chert a cheffyl trwy'r tollborth o hyd ac o hyd, ac mae
yna ddigon o storiau o gwmpas am ffermwyr yn ymosod
ar y ceidwad, druan, a bygwth ei ladd. Ar y llaw arall
mae yna rai'n dweud fod y ffermwyr a cheidwaid y
tollbyrth yn deall ei gilydd yn bur dda, a bod llawer i
ffermwr tlawd yn cael mynd trwy'r glwyd heb dalu, neu
am hanner pris ar ôl dod â dwsin o wyau neu bwys o
fenyn i wraig ceidwad y tollborth. Fel yna y mae, ac
mae'n hen bryd i'r Llywodraeth ddod o hyd i ryw ffordd
well i godi arian i dalu am yr hewlydd, na thrwy osod
clwydi mawr ar draws y ffordd. Mae'r clwydi wedi mynd
yn rhwystr i bobl deithio, yn un peth."

"Ac wrth gwrs," meddai Mrs. Parri, "mae pob math
o ddynion drwg yn teithio'r heolydd yn ystod y nos, sy'n
barod i ymosod arno er mwyn dwyn yr arian mae e
wedi'i gasglu yn ystod y dydd."

"'Rŷch chi'n iawn, Mrs. Parri," cytunodd y Capten.
Yna gwenodd.

"'Dwy' i ddim yn meddwl y bydd hwnna'n mynd i
gysgu heno mwy wedi cael chwip y Gyrrwr ar draws ei
goesau noeth !"

"Druan ag e," meddai Olwen, "charwn i ddim bod yn

'i le fe ar y ffordd gynne, yn 'y ngŵn-nos, a 'nghoese'n noeth . . ."

"Olwen !" meddai Mrs. Parri.

"Be' sy', Mama ?"

"Rhag c'wilydd i chi !"

PENNOD IX

AETH y milltiroedd heibio fel dirwyn edafedd, ac yn ara bach llithrodd y bysedd dur ar wyneb oriawr y Capten heibio i'r dau, tri, pedwar, pump o'r gloch—sef oriau mân y bore, fel y gelwid hwy gan yr hen bobol. Yn awr yr oedd hi bron a bod yn chwech o'r gloch y bore a'r Goets yn nesáu at dref Birmingham. Ond nid oedd sôn am y wawr yn torri eto ; yn wir ni byddai toriad y dydd am ddwyawr eto gan mai dyfnder gaeaf oedd hi.

Yn Birmingham byddai cyfle am frecwast a hanner awr o seibiant cyn cychwyn eto ar eu taith tua'r Gorllewin. Yr oedd Arthur ar fin newynu gan nad oedd wedi bwyta dim yn Stony Stratford yr un pryd â'r lleill.

Ond er ei bod hi'n dal yn dywyll fel bol buwch o hyd, eto roedd yna arwyddion fod y nos bron â dod i ben. Yn awr ac yn y man gallai Arthur weld goleuadau'n wincio yn y pellter yn dangos fod y ffermwyr a'r tyddynwyr a'u gwragedd gweithgar wedi codi o'u gwelyau mor fore â hynny, er mwyn dechrau ar waith y dydd.

Clywodd y pedwar teithiwr tu mewn i'r Goets y corn yn canu eto uwch eu pennau, ond yr oeddynt wedi ei glywed mor aml trwy gydol y nos fel na chymerodd yr un ohonynt unrhyw sylw ohono yn awr.

Ond pan ddeallodd y pedwar fod y Goets yn arafu, fe fu tipyn o edrych ar ei gilydd, oherwydd nid oedd hi'n amser newid ceffylau nes cyrraedd Birmingham a gwyddent na fyddent yn cyrraedd yno am hanner awr arall o leiaf.

A oedd tollborth arall ynghau ? Neu a oedd y Goets yn aros er mwyn gadael y Mêl ? Neu efallai fod . . .?

Stopiodd y Mêl mewn pant bychan coediog. Edrych-

odd y teithwyr allan drwy'r ffenest ond nid oedd tŷ na
golau yn y golwg yn unman. Yna gwelodd Arthur, a
oedd yn edrych allan drwy'r ffenest ar y dde, ddyn yn
camu allan o dan y coed. Pan ddaeth i mewn i gylch
golau lampau mawr y Goets gwelodd Arthur fod ganddo
ar ei gefn ddwsin neu ragor o adar ffesant !

Neidiodd y Gard i lawr o ben y Goets a cherddcd tuag
ato. Bu'r ddau'n siarad â'i gilydd yn ddistaw am funud
tra'r oedd y ceffylau'n anesmwytho ac yn taro'u carnau
ar y llawr. Cymerodd y Gard yr adar marw oddi wrth y
dyn, yna trodd i ddringo'n ôl i ben y Goets. Ond cyn
iddo wneud hynny roedd y dyn a oedd wedi bod yn
teithio ar ben y Goets drwy'r nos wedi neidio i lawr i ganol
yr heol. Gwelodd Arthur ef yn mynd ymlaen at y Gard
ac yn tynnu rhywbeth o'i boced a edrychai'n debyg i
gerdyn. Agorodd y ffenest yn ddistaw i glywed beth oedd
yn mynd ymlaen. Yr oedd y siarad yn ddigon uchel
erbyn hyn i'r pedwar a oedd tu mewn i'r Goets glywed
yn rhwydd. Clywsant y dyn a oedd wedi bod mor ddistaw
ar hyd y ffordd—hwnnw nad oedd neb wedi gallu gweld
ei wyneb hyd yn oed, oherwydd fod ganddo ormod o
ddillad gwresog amdano—yn dweud mai un o swyddogion
y Post ydoedd a'i fod wedi teithio'r noson honno ar y
Goets er mwyn gweld a oedd y Gard a'r Gyrrwr yn
gwneud eu gwaith yn iawn. A dyma fe wedi dal y Gard
yn derbyn adar wedi eu dwyn o stâd rhyw ŵr bonheddig,
oddi wrth ryw botsier a haeddai gael ei grogi ; ac yn
awr roedden nhw (y Gyrrwr a'r Gard) yn mynd â'r
adar i Birmingham i'w gwerthu yno am arian mawr.
Ac roedden nhw'n mynd i gludo'r adar yma ar y Goets
heb dalu am 'u cludo nhw . . . ymlaen ac ymlaen fel yna.
Safai'r Gard a'r Gyrrwr o'i flaen yn awr yn edrych yn
bur ben-isel a thrist.

"Fe gânt 'u cosbi'n drwm am hyn," meddai'r Capten
yn isel. "Mae yna dipyn o'r fusnes yma'n mynd ymlaen
mae'n debyg, ac mae'n bosib y bydd y Gard yn colli ei

swydd pan ddaw'r hanes i glustiau'r Prif-Swyddog yn Llundain.''

Yn awr cydiodd y dyn â'r dillad trwchus yn yr adar oddi ar ysgwydd y Gard a'u taflu i'r llawr. Yr oedd y potsier a oedd wedi dod allan o'r coed mor sydyn, wedi bod yn aros yn anesmwyth ychydig lathenni i ffwrdd. Edrychai fel pe bai'n methu'n lân a phenderfynu p'un ai aros neu redeg i ffwrdd fyddai orau iddo. Ond yn awr, pan welodd yr adar yn disgyn ar ganol y ffordd rhuthrodd ymlaen a chydio ynddynt yn ei gôl. Mewn winc roedd y gwalch wedi diflannu i'r tywyllwch fel pe bai'r ddaear wedi ei lyncu.

Wedyn gwelodd Arthur y Gyrrwr a'r Gard a'r dyn â'r dillad trwchus yn dringo i ben y Goets unwaith eto.

Swniai corn y Gard yn ddi-galon braidd pan ganodd i roi arwydd i'r Gyrrwr gychwyn, ac ar ôl i'r Goets ddechrau ar ei thaith unwaith eto, teimlai'r teithwyr nad oedd y ceffylau'n rhedeg mor fywiog a chynt.

"Mi fyddai'r Gard wedi cael arian da am yr adar yna yn Birmingham—yn enwedig yn y tafarnau yno—a hithau mor agos i'r Nadolig. Pwy fuasai'n meddwl mai swyddog gyda'r Post oedd y dyn distaw yna ar ben y Goets?"

"Mae'n syndod na fyddai swyddog fel fe'n dewis teithio tu fewn ar noson fel heno," meddai Arthur.

"A !" atebodd y Capten, "wnai hynny ddim mo'r tro wel di. Roedd rhaid teithio ar ben y Goets i wylio popeth oedd yn mynd ymlaen rhwng y Gyrrwr a'r Gard."

"Mae'n syn na fyddai wedi dweud rhywbeth wrth y Stephens meddw yna ar y ffordd i Stony Stratford," meddai Mrs. Parri.

"O mae pawb yn gwybod fod Stephens yn meddwi," meddai'r Capten, "ond am 'i fod e'n gallu gyrru'r Goets yn ddiogel ar waethaf hynny, does neb yn dweud dim wrtho. O na, roedd y swyddog yna ar ôl unrhyw driciau anonest oedd yn mynd ymlaen rhwng y Gyrrwr a'r Gard mae'n debyg.''

CYRHAEDDODD y Goets dafarn y *"Regent"* yn Birming-
ham am 6.33 yn y bore—dair munud yn hwyr—a
rhybuddiodd y Gard y teithwyr y byddai'r Goets yn ail-
gychwyn dair munud ynghynt nag arfer er mwyn ceisio
bod yn fwy prydlon yn cyrraedd y trefi eraill ar y ffordd.

Aeth pawb i mewn i'r gegin fawr, gynnes. Er ei bod yn
fore iawn, ac mor dywyll â'r fagddu tu allan, roedd pawb
wrthi fel 'tai'n hanner dydd yn y *"Regent"*. Ar fwrdd
mawr y gegin yr oedd bacwn a wyau wedi ffrïo, ac roedd
yr arogl hyfryd yn tynnu dŵr o ddannedd Arthur.

Cyn pen fawr o dro roedd pawb wedi eistedd wrth y
bwrdd ac wedi dechrau bwyta'n awchus. Ar y sgiw
fawr yn ymyl y tân eisteddai'r Gyrrwr a'r Gard yn siarad
yn isel. Yr oedd golwg ofidus ar y ddau a gwyddai
Arthur mai siarad am yr hyn oedd wedi digwydd ar y
ffordd beth amser ynghynt yr oeddynt. Nid oedd sôn
am y dyn distaw a'r holl gotiau mawr amdano.

Eisteddai'r Capten ac Arthur ar yr un ochr a gyferbyn
â hwy yr oedd Olwen a'i mam. Edrychodd Arthur ar
Olwen. Yr oedd hi'n edrych yn dlws iawn â golau'r
fflamau o'r tân yn chwarae dros ei hwyneb. Gwelodd
hithau ef yn edrych arni a chrychodd ei thrwyn arno.
Gwridodd Arthur ac edrychodd ar ei blat.

Yn ymyl y Capten eisteddai'r Gyrrwr a oedd i fynd
â'r Goets ar ei thaith o'r *"Regent"* ymlaen tua'r Gorllewin.
Dyn siaradus ydoedd, a chlywodd Arthur ef yn dweud
wrth y Capten mai Joe Harris oedd ei enw. Dechreuodd
y Gyrrwr newydd a'r Capten sôn am rai o yrwyr enwog
y Goets Fawr. Gan fod y Gyrrwr newydd yn siarad yn
uchel, fel petai pawb yn y stafell yn drwm ei glyw, gallai
Arthur glywed popeth oedd yn cael ei ddweud. Clywodd

sôn am enwau fel Ben Bower, Jehu o Nottingham, Harry Stevenson, Bloody Jim Worthington a Tom Chapman— enwau a oedd wedi mynd yn chwedl trwy'r wlad i gyd.

Gallai Jehu o Nottingham gael y gorau o'i gatal heb eu lladd, meddai Joe Harris. Llaw dyner oedd ganddo ond ni fu erioed y fath grefftwr ar drin ceffylau. Dyna Ben Bower wedyn. Ni byddai Ben byth yn rhegi ei geffylau, yn wir, nid oedd neb wedi clywed gair cryf yn dod dros ei wefusau erioed ; tra'r oedd Bloody Jimmy Worthington wedyn yn enwog am ei regfeydd wrth yrru. Roedd y stori ar led fod rhyw bregethwr unwaith wedi cael y fath sioc wrth glywed Jimmy'n rhegi, fel y bu farw cyn i'r Goets gyrraedd pen ei thaith. Roedd Harry Stevenson wedi cael gwahoddiad i wledd ym mhlas y Brenin Siôr, ac yno roedd e wedi diddori ei Fawrhydi a gwŷr a gwragedd y Plas â'i storiau difyr am y Ffordd Fawr.

Bron cyn i Arthur glirio'i blat ac yfed y llaeth poeth o'r basin yn ei ymyl, dyma gorn y Gard yn canu tu allan. Dyna'r rhybudd i'r teithwyr gymryd eu seddau unwaith eto tu mewn i'r Goets.

Ond ar waethaf y trefniadau hyn, ni chafodd y Goets fynd ar ei thaith heb dipyn o oedi eto.

Pan oedd y Gyrrwr newydd a'r hen Gard ar fin dringo i ben y Goets daeth y dyn distaw hwnnw i'r golwg o rywle. Yn awr yr oedd dyn arall gydag ef. Rhoddodd orchymyn i'r Gard ddod gydag ef i mewn i'r dafarn unwaith eto. Gwelodd Arthur y tri'n diflannu trwy'r drws. Yna trodd i ofyn i'r Capten a oedd yn gwybod beth oedd yn digwydd. Ysgydwodd hwnnw 'i ben.

Y tu mewn i'r dafarn rhoddodd y swyddog distaw orchymyn i'r Gard dynnu ei got goch hardd oddi amdano. Eglurodd na fyddai ef yn cael gofalu am y Mêl eto hyd nes byddai'r awdurdodau yn Llundain wedi penderfynu pa gosb i'w rhoi iddo am geisio defnyddio'r Goets i gludo adar ffesant oedd wedi eu dwyn. Yr oedd dagrau yn llygaid y Gard wrth dynnu'r got goch â'r llabedi glas oddi amdano. Gwyddai'n iawn beth oedd ystyr hynny. Roedd ei swydd a'i awdurdod wedi mynd.

"A'r het !" meddai'r swyddog di-deimlad.

Tynnodd y Gard yr het â'r brêd aur oddi ar ei ben heb ddweud dim.

Yn fuan wedyn cychwynnodd y Goets ar ei thaith ac ni wyddai'r un o'r teithwyr nes oedd hi wedi mynd ymhell ar ei thaith, eu bod wedi cychwyn o Birmingham â Gard, yn ogystal â Gyrrwr newydd.

Cyrhaeddodd y Goets Wolverhampton ymhen awr union. Yr oedd hi heb ddyddio o hyd, ond yn awr yr oedd pobl o gwmpas a golau yn ffenestri'r tai. Erbyn hyn hefyd yr oedd rhai cerbydau eraill ar y ffordd. Gofalai'r rheiny droi o'r ffordd bob un i'r Goets gael mynd heibio.

Yr oedd y siarad tu fewn i'r Goets wedi distewi eto, er bod y pedwar wedi bod yn sgwrsio tipyn am y peth hyn a'r peth arall ar ôl gadael Birmingham. Ond yn awr eto, roedd blinder wedi cydio ym mhob un ohonynt. Teimlai Arthur yn gysglyd iawn, ac yn awr ac yn y man teimlai ei lygaid yn cau, ond wedyn âi olwynion y Goets i rigol gan ei ddeffro'n drwsgl.

Ond yr oedd Olwen yn gwbwl effro. Edrychodd ar Arthur a gwelodd ei fod yn pendwmpian. Daeth gwên gellweirus dros ei hwyneb.

"Beth am stori fach 'to, Capten ?" gofynnodd. Yr oedd y gŵr bonheddig hwnnw'n edrych allan drwy'r ffenest ar y pryd. Trodd ei ben i edrych ar Olwen.

"Meddwl roeddwn i nawr am y sgwrs fu rhwng y Gyrrwr a minnau yn y "*Regent*" yn Birmingham—meddwl am rai o'r hen Goetsmyn enwog! Fe ddylai rhywun ysgrifennu llyfr amdanyn nhw."

"Pam na wnewch chi, Capten ?" meddai Olwen. Chwarddodd y Capten.

"Does gen i mo'r ddawn rwy'n ofni. Ond mae yna ambell stori dda am droeon trwstan . . . glywsoch chi

honno am y Goets yn cyrraedd y Bont Faen yn sir For-
gannwg heb Yrrwr na Gard ?"

Gwenodd Olwen gan edrych yn slei ar Arthur.

"O naddo ! Dwedwch hi Capten, os gwelwch yn dda."

"Wel, un noswaith oer o aea' fe stopiodd y Mêl o
flaen tafarn y "*Pelican*", yn Ewenny, pentre bach rhyw
chwe milltir o'r Bont-faen (Cowbridge, ym Morgannwg).
Nid oedd y Mêl i fod i aros yn y "*Pelican*", ond roedd hi'n
oer ac roedd tipyn o annwyd ar y Gard. Felly roedd e
a'r Gyrrwr wedi cytuno i aros am funud fel y gallai'r
ddau gael glasied o frandi i'w cynhesu. Barnai'r Gyrrwr,
mae'n debyg, y galle fe fforddio aros munud neu ddwy
heb yn wybod i neb, gan fod y ffordd yn glir o eira a niwl
y noson honno. Felly fe allai, wrth ddefnyddio 'i chwip
yn nes ymlaen, gyrraedd y Bont Faen mewn amser da
wedyn.

Ond aeth munud yn bum munud ac un glasied yn
ddau neu dri. Yna dyma nhw'n clywed sŵn y ceffylau
a'r Goets yn carlamu ymaith ! Rhedodd pawb am y
drws a dod allan i'r iard mewn pryd i weld y Goets yn
diflannu rownd i'r tro yn y ffordd. Rhedodd y Gard a'r
Gyrrwr gyda'i gilydd, gan feddwl dal y ceffylau cyn
iddyn nhw ddymchwelyd y Goets. Ond pan gyrhaeddodd
y ddau'r tro yn y ffordd, doedd dim sôn am y Goets !
Ond gallent glywed sŵn carnau ac olwynion o'u blaen,
ac fe ddaliodd y ddau ati i redeg nerth 'u traed. Doedd
hi ddim yn hawdd iddyn nhw redeg yn eu cotiau mawr
trymion, ond fe wyddent y bydden nhw mewn trwbwl
mawr iawn pe bai rhywbeth yn digwydd i'r Goets.

Beth oedd wedi digwydd ? Ai'r ceffylau oedd wedi
dianc ? Neu a oedd lladron pen-ffordd wedi gweld y
Goets yn aros o flaen y "*Pelican*", ac wedi penderfynu
ei dwyn. Fe wyddai'r ddau mai dim ond dwy ddynes
oedd yn teithio ar y Goets y noson honno—dwy ddynes
gyfoethog yn teithio o Abertawe i Gaerdydd. Felly os

64

oedd y ceffylau wedi gwylltio a rhedeg bant nid oedd yr un teithiwr ar ben y Goets a allai eu stopio.

Daliodd y Gard a'r Gyrrwr i redeg nerth eu traed, ac wrth rowndio pob tro yn y ffordd, disgwylient weld y Goets wedi dymchwelyd a'r ddwy ddynes wedi eu lladd.

Dychmygai'r ddau beth fyddai'n digwydd iddyn nhw ar ôl hyn. Fe wyddent fod cosb drom am stopio'r Mêl heb ganiatâd mewn tafarnau ar hyd y ffordd, ond beth oedd y gosb am golli'r Goets a'r Mêl ? Fe allai'r ddau 'u gweld 'u hunain yn treulio blwyddyn neu ddwy yn y carchar yng Nghaerdydd.

Dechreuodd y Gard grio'n ddistaw. Arno fe yr oedd y cyfrifoldeb i ofalu am y Mêl. Yr oedd wedi tyngu llw i'w amddiffyn hyd Angau. A dyma fe wedi colli'r Mêl a'r Goets, ar ôl stopio yn anghyfreithlon yn nhafarn y "Pelican" i gael glasied o frandi !

Yr oedd hi'n dywyll fel bol buwch, a doedd golau'r Goets ddim yn y golwg yn y pellter o'u blaenau.

Ar ôl rhedeg tua thair milltir fe stopiodd y ddau i gael eu gwynt, ac i dynnu eu cotiau mawr, a oedd wedi mynd yn faich arnyn nhw erbyn hyn. Os oedden nhw'n teimlo'n oer pan stopiodd y Goets o flaen y "Pelican", yr oedd y ddau nawr yn chwysu'n ofnadwy. Ond wrth feddwl am y ddwy ddynes gyfoethog a'r Mêl gwerthfawr a phwysig yn y gist ddur ym mhen ôl y Goets, dyma nhwn'n dechrau rhedeg eto. Erbyn hyn yr oedd y Gard druan yn teimlo'n sâl iawn, ond ni allai feddwl rhoi i fyny.

Ond beth oedd wedi digwydd i'r Goets ? Na, nid lladron pen-ffordd oedd wedi ei dwyn ; wedi gwylltio a rhedeg bant roedd y ceffylau.

Yn ddiweddarach pan fu ymholiad i'r achos, barnai rhai fod rhyw hogyn drwg a oedd yn loetran o gwmpas tafarn y "Pelican" y noson honno, wedi taflu carreg at un o'r ceffylau blaen, ac fod y tîm wedi rhedeg ymaith. Barnai eraill wedyn y gallai ci neu rywbeth fod wedi

rhedeg yn sydyn o flaen y ceffylau. Un farn arall oedd—
fod y ceffylau wedi rhedeg am eu bod yn oer. Ond ni
phrofwyd dim byd yn bendant.

Ond beth bynnag oedd wedi gwylltio'r tîm, yr oedd y
Goets yn awr yn teithio'n gyflym trwy'r tywyllwch, heb
Yrrwr na Gard, i gyfeiriad y Bont-faen ! Y tu mewn yr
oedd y ddwy ddynes yn eistedd yn gysurus—un yn ceisio
darllen rhyw gylchgrawn, a'r llall yn edrych allan drwy'r
ffenest i geisio nabod ambell dŷ neu eglwys wrth fynd
heibio. Doedd yr un o'r ddwy wedi sylweddoli fod dim
byd o le ! Tybiai'r ddwy'n siŵr fod y Goets wedi cychwyn
o'r *"Pelican"* ar orchymyn y Gyrrwr a chredai'r ddwy fod
hwnnw'n eistedd ar ei sedd uwch eu pennau'r funud
honno â'i chwip yn un llaw a'r awenau yn y llaw arall !

Yn ffodus iawn yr oedd y pedwar ceffyl a dynnai'r
Goets y noson honno yn gyfarwydd â'r ffordd, gan eu
bod wedi ei theithio ugeiniau o weithiau o'r blaen, drwy
dywyllwch nos. Oni bai am hynny mae'n debyg y
byddent wedi llwyddo i ddymchwel y Goets yn fuan iawn.
Fel roedd hi'n digwydd roedd meddyg ceffylau, o'r enw
William Roberts o Langan, yn teithio adre ar gefn ei
ferlyn ar ôl bod yn gweld rhyw gaseg werthfawr a oedd
yn sâl gan ŵr bonheddig a oedd yn byw mewn Plas yn
ymyl y ffordd fawr.

Fe welodd e'r Goets yn dod tuag ato ac fe edrychodd i
fyny i weld pwy oedd y Gyrrwr y noson honno. Pan
ruthrodd y Goets heibio heb Yrrwr na Gard fe gafodd y
dyn ofn dychrynllyd ! Meddyliodd ar y dechrau 'i fod e
wedi gweld rhyw ysbryd o Goets yn ei basio. Roedd e
wedi clywed lawer gwaith am bobl yn gweld hers yn mynd
heibio yn nyfnder nos a phobl yn dilyn o'r tu ôl fel mewn
angladd. Ond ysbrydion oedd y cwbwl, a dywedai'r
hen bobl mai rhybudd oedd gweld peth felly—rhybudd
fod rhywun yn mynd i farw yn yr ardal. Beth oedd ystyr
y Goets heb Yrrwr ?

Ond roedd e wedi clywed sŵn y carnau a'r olwynion.

66

A oedd ysbrydion yn gallu cadw sŵn felly ? Roedd e wedi cael glasied o rywbeth pur gryf i yfed gan y gŵr bonheddig cyn gadael y Plas, a meddyliodd mai hwnnw oedd wedi effeithio arno. Ond teimlai'n bur ofnus o hyd, ac fe fu'n dda ganddo fe gyrraedd Llangan yn ddiogel y noson honno.

O'r diwedd fe gyrhaeddodd y Goets y Bont Faen. Fe fyddai bob amser yn stopio i newid ceffylau yn hen dafarn y "*Bear*" yn y Bont-faen. Yn rhyfedd iawn—am eu bod wedi arfer gwneud hynny lawer gwaith o'r blaen—fe stopiodd y ceffylau o flaen drws y "*Bear*" ! Roedd dau o weision y dafarn ar y clos yn disgwyl y Goets, a phan welon nhw nad oedd dim Gyrrwr na Gard yn gofalu amdani, roedden nhw mewn penbleth. Yna dyma nhw'n gweld drws y Goets yn agor a'r ddwy foneddiges yn dod allan fel pe bai dim byd o le, ac yn cerdded i mewn i'r dafarn !

Ond pan ddeallodd y ddwy ymhen tipyn 'u bod nhw wedi cyrraedd y "*Bear*" heb Yrrwr na Gard fe lewygodd un ohonyn nhw ar unwaith a dechreuodd y llall grio'n uchel dros y lle i gyd.

Ni wyddai neb yn y "*Bear*" beth i'w wneud nesaf. Yr oedd gŵr y dafarn ar fin anfon pobl allan i chwilio am y Gyrrwr a'r Gard pan gerddodd y ddau i mewn. Roedd golwg druenus ar y ddau. Roedd y chwys yn rhedeg fel afon i lawr dros 'u gruddiau ac fe deimlai'r ddau ar fin llewygu. Yn wir, fe syrthiodd y Gard ar lawr y dafarn a dyna lle bu e'n ochneidio'n dorcalonnus. Roedd y ras hir o Ewenny i'r Bont Faen wedi bod yn ormod iddo.

Pan ddaeth yr hanes i glustiau awdurdodau'r Post fe gollodd y ddau 'u swyddi ar unwaith. Ond fe fu'r Gard yn fwy anffodus fyth—ymhen tri mis ar ôl y digwyddiad rhyfedd hwnnw, fe fu farw. Yr oedd yr ymdrech galed i ddala'r Goets wedi effeithio ar 'i galon e."

Yr oedd Arthur yn gwbwl effro erbyn hyn !

PENNOD XI

F<small>E</small> ddaeth goleuni dydd o'r diwedd, pan oedd y Goets yn clindarddach trwy strydoedd Shifnal i gyfeiriad Amwythig. Erbyn hynny roedd hi'n hanner awr wedi wyth a'r Goets wedi cadw'i hamser i'r dim er pan adawodd Birmingham.

Bore llwyd, cymylog, oer oedd y bore pan ddaeth. Edrychai'r wlad wastad yn ddi-fywyd iawn. Ar y cloddiau ar ochr y ffordd gorweddai llwydrew gwyn, ac nid oedd anifail na dyn i'w gweld yn y caeau. Ond yn y pentrefi yr oedd yna dipyn o fywyd. Safai plant bach yn nrysau'r tai yn gwylio'r Mêl yn mynd trwodd, a chodai pob un ei law ar y Gyrrwr.

Roedd y Capten wedi tawelu o'r diwedd ac yn awr fe gysgai'n dawel yn ei gornel. Yr oedd Mrs. Parri'n pen-dwmpian hefyd yn ei chornel hithau. Yr oedd Olwen yn ceisio darllen, ond nid oedd yn cael fawr o hwyl ar y llyfr yn ei llaw.

"Pryd byddwch chi'n mynd yn ôl i Lundain?" gofynnodd Arthur.

"Fe fydd nhad yn cael ei wyliau rywbryd tua diwedd mis Ionawr, ac fe fydd e'n dod nôl gyda ni i Lundain am dipyn wedyn. Felly fe fyddwn ni yn Iwerddon am ryw fis debyg iawn. Pryd byddwch chi'n mynd nôl?"

"O fe fydd rhaid i fi fod yn ôl wrth 'y ngwaith ar yr Ail o Ionawr, gwaetha'r modd."

"Sut mae'r clwyf ar y pen erbyn hyn?"

"O mae e'n iawn. Ond i fi beidio cyffwrdd ag e. Ond oni bai eich bod chi . . ."

"Twt! Lol!" meddai Olwen. Bu distawrwydd rhyngddynt am funud.

"Fydd arnoch chi ddim hiraeth am Lundain pan

68

fyddwch chi'n treulio'r Nadolig yn Iwerddon ?" gofynnodd Arthur.

"O mae hi'n braf yn Iwerddon dros y Nadolig ! Rwy'i wedi bod o'r blaen—dair blynedd yn ôl. Mae yna ddawns fawr yn y Baracs ar nos Nadolig a'r swyddogion ifainc yn 'u dillad lliwgar a'r merched yn 'u ffrocie gore. Ac fe fydd band y Gatrawd yn chwarae. Ond cyn y ddawns fe fydd gwledd fawr yn y Baracs. Na, wir i chi, rwy'n edrych ymlaen at dreulio'r Nadolig yn Iwerddon." Gwenodd yn slei arno.

Meddyliodd Arthur wrtho'i hunan na allai ef byth obeithio troi yn yr un byd â'r ferch dlos yma, hyd yn oed pe baen nhw'n digwydd cwrdd rywbryd ar ôl iddi hi ddychwelyd o Iwerddon. Roedd hi'n troi ymysg y Gwŷr Mawr ac yntau ymysg y bobl gyffredin, dlawd. Ond rhyw ddiwrnod mi fyddai yntau . . .

"Dwyf fi ddim beth bynnag, cariad," Torrodd llais Mrs. Parri ar draws ei feddyliau. Roedd hi wedi dihuno ac yn awr roedd hi'n edrych allan drwy'r ffenest ar y wlad lwyd.

"Byddai'n well gen i gael fy nghinio Nadolig yn y Wercws na mynd i'r drafferth a'r perygl o deithio o Lundain i Iwerddon i gael y wledd yna y sonioch chi amdani."

"Ond Mama, mae wedi bod yn daith ddigon pleserus hyd yn hyn," meddai Olwen gan ddechrau cellwair eto, "rydyn ni wedi cael siwrne ddiogel a chwmni dau ŵr bonheddig . . ."

"Olwen !" Torrodd Mrs. Parri ar ei thraws rhag ofn ei bod hi'n mynd i ddweud rhywbeth carlamus. "Peidiwch â rhyfygu, cariad, 'da chi, cofiwch nad ydyn ni ddim wedi cyrraedd hanner y ffordd eto. Fe all unrhyw beth ddigwydd . . ."

Ac ar y foment, fel petai ei geiriau'n dod yn wir ar unwaith, dyma sŵn gweiddi uchel yn taro ar eu clustiau. Edrychodd Arthur allan drwy'r ffenest ond ni allai weld dim.

"Be' sy' ?" gofynnodd Mrs. Parri.

Y foment nesaf digwyddodd rhywbeth rhyfedd iawn. Roedd y tri'n edrych allan drwy'r ffenestr pan glywsant sŵn sgrechian uchel. Ni allai'r un ohonynt gofio clywed sgrechfeydd tebyg erioed. Roedd y sŵn yn oerllyd ac yn ddychrynllyd. Yna pasiodd cymylau gwynion o flaen eu llygaid fel na allent weld y wlad tu allan i'r ffenestri. Ar y cyntaf meddyliodd y tri eu bod wedi taro lluwch o eira a bod cyflymdra'r Goets wedi taflu talpiau ohono ar draws y ffenestri.

Erbyn hyn roedd y Capten wedi dihuno, ac roedd yntau'n syllu'n syn ar y ffenestri.

"Gwyddau !" meddai'n ddigyffro.

"Gwyddau ?" Edrychodd Mrs. Parri'n amheus arno.

"Ie, mae'n debyg fod y Goets wedi rhedeg trwy haid o wyddau ar y ffordd."

Gwir oedd y gair. Erbyn hyn gallent weld dau ddyn a hogyn bach yn rhedeg yma ac acw i geisio rhwystro'r gwyddau rhag dianc i'r caeau. Ond roedd degau ohonynt wedi dianc yn barod.

Nid oedd y Goets wedi arafu dim wrth weld yr haid wen yn dod tuag ati. Roedd y rhai oedd yn gofalu am yr haid wedi ceisio cael y gwyddau oddi ar y ffordd i roi lle i'r Goets, ond roedd yr amser yn rhy fyr. Yn awr gorweddai tri phentwr gwyn o blu distaw ar ganol y ffordd i ddangos lle'r oedd traed y ceffylau neu olwynion y Goets wedi gwneud eu difrod.

"Roedd yr haid yna ar ei ffordd i'r farchnad Nadolig yn Shifnal debyg iawn," meddai'r Capten. "Dyn a ŵyr pryd y gall y tri yna gael yr haid at 'i gilydd eto !"

"'Roedd sgrechfeydd y gwyddau'n swnio fel . . ." Ni allai Mrs. Parri feddwl fel beth.

"Fel haid o gythreuliaid ?" meddai'r Capten dan wenu.

"Mae llond yr awyr o blu gwynion," meddai Olwen, gan droi ei gwddf i weld y tu ôl iddi.

PENNOD XII

Yr oedd plu yn yr awyr hefyd pan adawodd y Goets Amwythig. Ond nid plu gwyddau oedd y rhain, ond plu eira. Dim ond ambell bluen wen yn awr ac yn y man, yn disgyn mor ddistaw, ac yn edrych mor ddiniwed ac mor dlws a phe baent wedi dianc o wlad y Tylwyth Teg ! Gwyliai Arthur ac Olwen y plu gwynion trwy'r un ffenestr. Dilynodd Arthur un bluen fwy na'r lleill ar ei ffordd yn ddiog tua'r ddaear. Gwelodd hi'n chwyrlïo a neidio'n chwareus fel peth bach byw, ac yna'n disgyn a diflannu fel pe na bai wedi bod erioed.

Wedi gwylio'r eira am dipyn trodd Arthur ei ben i edrych ar y Capten. Roedd golwg ddifrifol ar ei wyneb barfog.

Ond roedd y Goets yn carlamu tua Chymru a theimlai Arthur yn hapus ac yn llai blinedig o lawer wedi'r hoe hir yn Amwythig, a'r pryd o fwyd ardderchog yn y *"Lion"*. Roedd ei boced chwe swllt yn dlotach ar ôl y wledd honno ond roedd ei galon dipyn yn ysgafnach yn awr, a'r Goets yn ei dynnu'n gyflym tua sir Fôn. Hefyd roedd gwraig garedig tafarn y *"Lion"* wedi trin y clwyf ar ei ben ac wedi rhoi eli a rhwymyn newydd amdano.

Tynnodd y Capten ei wats o'i boced.

"Hym, chwarter wedi un," meddai, "fe fyddwn ni yng Nghroesoswallt cyn pen dim nawr rwy'n meddwl. Ond 'dwy'i ddim yn hoffi'r eira 'ma, bobol."

"O dim ond pluen fach nawr ac yn y man sy'n disgyn, Capten," meddai Olwen, "ac maen nhw'n edrych mor bert !"

"O, os na aiff hi'n waeth na hyn fe fydd popeth yn iawn, Miss Parri. Ond, mae mynyddoedd Cymru o'n blaen ni, cofiwch."

71

Ddeng munud yn ddiweddarach roedd y Goets yn clindarddach trwy strydoedd Croesoswallt. Roedd y dref yn amlwg yn paratoi i ddathlu'r Nadolig. Roedd celyn gwyrdd ac aeron coch yn ffenestri'r tai, ac wrth i'r Goets fynd heibio i'r Farchnad gwelodd y teithwyr wyddau a hwyaid noethlymun yn hongian, yn disgwyl am gwsmeriaid. Roedd tipyn o ysbryd y Nadolig o gwmpas y strydoedd hefyd. Edrychai'r plant a'r bobl mewn oed yn llawen, er bod eu hwynebau'n goch gan yr oerfel. Ac i wneud yr olygfa'n berffaith roedd y plu bach gwynion yn chwyrlïo o gwmpas simneiau'r tai.

Pan stopiodd y Goets o flaen tafarn mawr y "*Royal George*", roedd nifer o blant a merched ifainc y dref wedi crynhoi i wylio'r teithwyr yn disgyn. Edrychodd y merched yn syn ar Mrs. Parri ac Olwen yn dod allan o'r Goets yn eu dillad heirdd o Lundain, ond roedd llygaid y plant i gyd ar y Gyrrwr, y Gard, a'r ceffylau, a oedd yn mygu ar ôl rhedeg mor galed. Ni chymerodd neb fawr o sylw o Arthur a'r Capten.

Y tu mewn i gegin y "*Royal George*" roedd tân coed mawr yn cynnau ac wrth y tân hwnnw eisteddai gŵr bonheddig trwsiadus iawn ei wisg. Ond yr oedd yn ddyn mor eithriadol o dew a'i ddillad mor dynn amdano, nes gwneud iddo edrych braidd yn ddoniol. Cododd ar ei draed yn llipa pan welodd y teithwyr yn dod i mewn. Gan mai Mrs. Parri oedd y blaenaf, gofynnodd iddi.

"*Have you come by the ' Mail', Madam?*" Yr oedd golwg falch iawn arno, a chafodd Mrs. Parri'r syniad ei fod yn edrych i lawr ei drwyn arni.

"*Yes*," meddai, a dyna i gyd, a gwthio heibio iddo i fynd yn nes at y tân.

"*How many were there on it, Madam, may I ask ?*" meddai'r gŵr bonheddig wedyn.

"*Four inside and, I think, two outside.*"

"*I'm not interested in how many are travelling outside, madam. Ah !*" Yr oedd wedi gweld y Gyrrwr yn dod i mewn trwy'r drws â'i chwip yn ei law. Aeth i'w gwrdd.

"*Ah, my good sir ! I wish to travel with you as far as Llangollen. What will you have to drink ?*"

"*Brandy is my drink, sor,*" meddai'r Gyrrwr, dyn o'r enw Wil Tomos, a Chymro wrth ei acen.

"*Good ! Good ! What is your name, Coachie ?*"

"*Thomas, sor. Do you speak Welsh ?*"

"*Who ? Me ? Not likely ! My daughter has married a Welshman from Llangollen—goodness knows why—and I'm on my way there to spend Christmas, and I want an inside seat in your coach. Landlord ! Brandy here if you please—a large one.*"

Daeth gŵr y tŷ ar unwaith bron, a gwydryn mawr â'i lond o frandi i'r Gyrrwr a oedd yn taro'i draed ar y llawr i geisio cael y gwres yn ôl i'w goesau. Cydiodd yn y gwydryn a llyncu ei gynnwys ar ei ben.

"*There are four inside now, sor. And you know that the ' Mail ' can't carry any more inside. Regulations, sor.*"

"*But my dear man, I must travel inside. Landlord—another brandy for Mr. Thomas.*"

Yfodd y Gyrrwr frandi arall ar un llwnc, ac yn awr yr oedd gwên hyfryd ar ei wyneb coch, garw. Agorodd fotymau ei got fawr drwchus.

"*I'm sorry, sor. But unless we can persuade one of the two gentlemen who are travelling inside, to let you have his place, I don't see how you can.*"

Yr oedd y ddau wedi dod yn ôl at y tân lle'r oedd Olwen, Mrs. Parri, y Capten ac Arthur yn eistedd, ac fe allai'r pedwar glywed yr hyn a oedd yn mynd ymlaen.

Gwelodd Arthur y Gyrrwr yn troi ei ben atynt. Yna clywodd ef yn gweiddi,

"Y—fydde un ohonoch chi'n barod i roi eich lle i'r gŵr bonheddig yma ? Dim ond cyn belled â Llangollen."

Trodd y Capten ei ben, ac meddai'n swta, "Dim o gwbl. Rydyn ni wedi talu am deithio tu mewn."

"Fe wn i hynny," meddai'r Gyrrwr, "ond mae'r gŵr bonheddig yn dweud na all e ddim diodde'r oerfel ar ben y Goets."

"Na ninnau chwaith !" meddai'r Capten gan droi'n ôl at y tân.

"Beth amdanat ti, hogyn ?" gofynnodd y Gyrrwr.

Trodd y Capten i'w wynebu eto.

"Mae'r bachgen yma wedi cael damwain ar y ffordd —mae e wedi brifo'i ben. All e ddim teithio tu allan heno."

Ar y gair clywsant y corn yn canu tu allan. Dechreuodd pawb fynd am y drws. Cyn iddo gyrraedd y drws cydiodd y gŵr bonheddig tew yn ysgwydd Arthur. Trodd hwnnw i edrych arno. Yr oedd yr wyneb crwn o liw porffor tywyll—fel pe bai'r dyn wedi gor-fwyta a goryfed llawer yn ystod ei fywyd. Yn sydyn teimlodd Arthur biti drosto. Gwyddai y byddai'n galed arno pe bai rhaid iddo deithio tu allan ar noson mor ofnadwy.

"*A golden guinea if you let me have your place inside, lad,*" meddai. Roedd ei ffordd fawreddog o siarad wedi diflannu.

"*You can have my seat, sir,*" meddai Arthur yn dawel.

Gwthiodd y gŵr bonheddig ddarn o aur gloyw i'w law. Roedd e'n falch o'i gael gan fod costau'r daith yn mynd yn fwy nag oedd e wedi feddwl cyn cychwyn.

Yr oedd hi'n ddau o'r gloch y prynhawn pan gychwynnodd y Goets o Groesoswallt. Nid oedd y Capten yn fodlon o gwbwl fod Arthur wedi cytuno i deithio ar ben y Goets er mwyn i'r gŵr bonheddig gael ei sedd. Ond pan eglurodd Arthur iddo'n ddistaw bach ei fod wedi ennill gini gyfan am wneud hynny, fe dawelodd.

Meddyliodd Arthur wrth ddringo i ben y Goets fod golwg anfodlon ar wyneb Olwen hefyd, ond ni allai fod yn siŵr.

Nid oedd y Goets wedi mynd ymhell cyn y dechreuodd Arthur deimlo dipyn yn edifar ei fod wedi rhoi—neu werthu—ei sedd gynnes a gweddol gyfforddus i'r Sais tew. Erbyn hyn roedd y gwynt wedi codi, gan chwythu

74

o'r dwyrain, ac edrychai'r awyr i'r cyfeiriad hwnnw yn ddu a bygythiol iawn.

Yr oedd hi'n fileinig o oer, ond gan fod y gwynt yn chwythu o'r tu ôl iddynt, roedd e'n gallu codi coler ei got fawr am ei glustiau a chael tipyn bach o gysgod yn y ffordd honno.

Edrychai'r wlad yn llwm ac yn oer, ac nid oedd fawr o bobl o gwmpas yn un man. Yn y caeau llwyd nid oedd ond ambell dwr bach o ddefaid yn sefyll gyda'i gilydd mewn cornel lle'r oedd cysgod clawdd neu wrych.

O dipyn i beth sylwodd Arthur fod y plu gwynion yn cynyddu. Erbyn hyn roedd cefnau'r Gyrrwr a'r teithiwr yn ei ymyl yn wyn gan eira.

"Sut mae'r Capten yn dod ymlaen gyda'r Sais y tu mewn wn i ?" meddai wrtho'i hunan.

Pe bai wedi gallu clywed yr hyn a oedd yn mynd ymlaen y tu mewn i'r Goets y funud honno, mae'n debyg y byddai wedi cael tipyn o hwyl.

*   *   *

Yn anffodus roedd y Sais wedi digio'r Capten bron ar unwaith—roedd e wedi dweud—gan edrych allan drwy'r ffenest yr un pryd, "*I can't understand how my daughter can live in Wales, honestly I can't ! What a God-forsaken country it looks !*"

Roedd hynny'n ddigon ! Ar unwaith roedd barf y Capten ar wrych i gyd fel cefn ci pan fydd yn paratoi i ymosod.

"*I beg to differ, sir,*" meddai yn ei Saesneg gorau, "*it is a very fine country, and I think you would agree, if you knew it as well as I do.*"

"*You are a Welshman, then ?*"

"*Yes, sir, and very proud of it ! And allow me to say that if your daughter lives in or near Llangollen, she lives in one of the loveliest places on God's earth !*"

"*Llangollen is good enough—yes, I'll admit that—but beyond to the west, I understand it is very wild country indeed. Am I not right ? And the language the people speak ! Can't make head or tail of it. Why don't the Welsh people learn English ? Answer me that, sir. Why should they talk that awful gibberish ? I've heard them, and by Gad, sir, it sounds more like the gabbling of geese than anything else—why its—its uncivilised !*"

Gwnaeth y Capten sŵn yn ei farf fel mochyn yn rhochian.

"*Sir* !" meddai ymhen tipyn, gan bwyso mlaen yn fygythiol tuag at y Sais tew, "*Welsh is the language of the poets, some say it is the language of Heaven itself. Besides it is my language, and were it not for the presence of these ladies, I would take great pleasure in throwing you out of the window of this coach, for what you have just said !*"

Aeth wyneb coch y Sais yn fwy coch fyth. Agorodd ei geg i ddweud rhywbeth, ond caeodd hi drachefn heb dorri gair. Yr oedd yr olwg fygythiol ar wyneb y Capten wedi codi dychryn arno.

Rhoddodd Olwen ei llaw ar ei cheg i geisio peidio â chwerthin yn uchel. Yr oedd hi'n meddwl wrthi 'i hunan sut yn y byd yr oedd y Capten yn mynd i daflu dyn mor dew allan trwy ffenest mor fach !

Pesychodd Mrs. Parri yn ei llaw, a dyna'r unig sŵn a fu tu mewn i'r Goets nes iddi gyrraedd Llangollen.

Yr oedd hi'n hanner awr wedi tri pan ddaeth tŵr llwyd hen eglwys Llangollen i'r golwg trwy'r eira. Yno gadawodd y Sais y Goets heb ddweud yr un gair wrth neb a chafodd Arthur ei sedd yn ôl gyda'i ffrindiau. Erbyn hynny roedd e'n teimlo fel talp o rew. Dim ond tair munud i newid ceffylau yn Llangollen, ac roedd y Goets ar ei thaith eto. Ond erbyn hyn roedd yr eira'n chwyrlïo'n wyn o gwmpas y ffenestri.

PENNOD XIII

YR oedd byrddydd Rhagfyr yn dod i ben erbyn i'r Goets adael Corwen, er nad oedd hi ond hanner awr wedi pedwar yn y prynhawn. Edrychai'r dref yn hollol ddi-fywyd ac nid oedd neb o gwmpas y strydoedd. Erbyn hyn roedd lampau mawr y Goets wedi eu cynnau unwaith eto, ac yn awr taflent eu golau ar gaeau a chloddiau dan haenen denau o eira. Y tu mewn hefyd roedd y lantarn gron â'r gannwyll fer, dew ynddi, wedi ei chynnau, a llosgai yn awr yn fyglyd tu mewn i'r gwydr. Ond roedd ei golau pŵl yn ddigon i'r teithwyr allu gweld ei gilydd.

Roedd ffenestri'r Goets wedi cymylu drostynt ac nid oedd yr un ohonynt fel petai'n wyddus iawn i dynnu llaw neu gadach dros y gwydr i weld allan. A dyna lle'r oedden nhw yn eu byd bach sigledig eu hunain tra rhuthrai'r Goets drwy'r tywyllwch i gyfeiriad Cerrig-ydrudion.

"Oeddech chi'n mwynhau teithio tu allan ?" gofynnodd Olwen i Arthur, ar ôl ysbaid hir o dawelwch. "Rwy'n siŵr eich bod chi'n falch cael gwared ohonom ni am dipyn !" Gwenodd yn ddireidus arno.

"Roeddwn i'n falch gweld tŵr eglwys Llangollen, alla' i ddweud wrthych chi !" atebodd Arthur. "Roedd hi'n ofnadwy o oer. Ond trwy lwc roedd y gwynt yn chwythu o'r tu ôl . . ."

"Dyna'r gwaetha," meddai'r Capten.

"Beth ŷch chi'n feddwl, Capten Wiliam ?" gofynnodd Mrs. Parri.

"O dim . . dim byd."

"Capten Wiliam, rwy' am gael gwybod y *gwaetha*' os gwelwch chi'n dda." Roedd Mrs. Parri'n benderfynol.

"O, dim ond meddwl roeddwn i, Mrs. Parri—pan ddwedodd Arthur fod y gwynt o'r tu ôl i ni—ei fod e'n chwythu o'r dwyrain . . . a . . ."

"Ie ?"

"Wel—y—wel, o'r dwyrain y byddwn i'n cael yr eira fynycha . . ."

"Rŷch chi'n meddwl y bydd eira mawr a lluwchfeydd . . ."

"Peidiwch gadael i ni fynd i gwrdd â gofid, Mrs. Parri. Gadewch i ni gofio mai anaml iawn y bydd dim byd yn yn gallu rhwystro'r Mêl rhag mynd trwodd."

"Ond os bydd lluwchfeydd ar y ffordd, Capten ?"

"Wel, wrth gwrs, fe fydd hynny'n rhwystro'r Goets, ond fydd e ddim yn rhwystro'r *Mêl*."

"Beth ŷch chi'n feddwl ? Os bydd y Goets yn methu, yna fe fydd hi'n amhosib i'r Mêl fynd i ben ei daith."

"O na, Mrs. Parri—*rhaid* i'r Mêl fynd trwodd. Dyna'r rheol. Os bydd y Goets yn torri neu'n dymchwelyd neu'n mynd i luwch eira, mae'n rhaid i'r Gard gymryd un o'r ceffylau a mynd ymlaen ar gefn hwnnw â'r Mêl gydag e, ac os bydd y ceffyl yn methu, yna rhaid mynd ymlaen ar ei ddwy droed. Ac mae ganddo hawl i ofyn am help gan unrhyw un ar y ffordd i gael y Mêl i ben ei daith, ac mae'n drosedd yn erbyn y Gyfraith i wrthod helpu'r Mêl i fynd yn 'i flaen."

"Wel !" meddai Mrs. Parri, "ychydig mae dyn yn feddwl wrth dderbyn llythyr o Gymru yn nyfnder gaeaf—cymaint o drafferth sydd wedi bod i ddod ag e yr holl ffordd i ni yn Llundain."

"Mae eisiau dyn dewr i fod yn Gard ar y Mêl mae'n debyg, Capten," meddai Olwen gan wenu, "dyn dewr fel chi !"

"Fi, Miss Parri ?"

"Ie, wyddech chi, Arthur, 'i fod e bron wedi taflu'r Sais yna oedd yn teithio gyda ni hyd Llangollen allan drwy'r ffenest ?" Chwarddodd Olwen wrth ail-feddwl am y peth. Edrychodd Arthur yn syn ar y Capten.

"Pam ?" gofynnodd.

"O fe ddwedodd bethau cas am yr iaith orau yn y byd, Arthur," atebodd y Capten, a swniai fel pe bai peth cywilydd arno.

"Yr iaith orau yn y byd ?"

"Y Gymraeg, fachgen—dy iaith di a finne ! Roeddech chi'n dweud, Miss Parri, fod eisiau dyn dewr i fod yn Gard ar y Mêl. Rŷch chi'n iawn. Mae 'na hanes am un neu ddau ohonyn nhw . . ."

"O ?" meddai Olwen, gan wincio ar Arthur i ddangos iddo fod stori arall ar y ffordd. Ond gwnaeth y winc i hwnnw wrido ! Gwelodd Mrs. Parri'r winc hefyd a gwgodd ar ei merch, a phesychodd. Ond nid oedd y Capten wedi sylwi dim.

"Mae'n syndod wyddech chi," meddai, gan bwyso mlaen ac edrych i fyw llygad Olwen, "mor ffyddlon mae'r rhan fwyaf o'r bechgyn 'ma yn 'u gwaith o ofalu am y Mêl, waeth dyn' nhw ddim yn cael llawer o gyflog. Glywsoch chi am y Gard o'r enw Sweatman ?"

"Naddo," meddai Olwen.

"Wel, roedd hi wedi bod yn arllwys y glaw a llifogydd ym mhob man. Roedd y Mêl yn teithio trwy'r tywyllwch pan ddaethon nhw at fan lle roedd rhaid croesi pont. Ond y noson honno roedd yr afon wedi chwyddo ac wedi golchi'r bont i ffwrdd, a dyma'r ceffylau a'r Goets yn mynd i ganol y llif. A dyna lle'r oedden nhw yn methu mynd ymlaen nac yn ôl, a'r dŵr llwyd yn llifo i mewn i'r Goets. I wneud pethau'n waeth dyma'r ceffylau yn dechrau gwylltio i drio torri'n rhydd oddi wrth y tresi. Fe geisiodd y Gyrrwr eu tawelu ond cicio a dyrnu yn y dŵr yr oedden nhw. A'r diwedd fu iddyn nhw ddrysu'r harnes i gyd a thaflu'r Gyrrwr i ganol y llif. Trwy lwc fe lwyddodd i ddod allan yn fyw. Ond roedd e wedi cael gormod o ofn i fentro nôl at y Goets yn y dŵr yr ail waith.

Wedyn dyma'r Gard yn mynd ati i geisio achub y teithwyr. Fe wnaeth hynny hefyd, a datrys yr harnes ar ôl bod dros dair awr hyd ei frest yn y dŵr oer. Fe gafwyd y Goets allan yn ddiogel o'r afon ac fe aeth yn ei blaen, ac fe ofalodd y teithwyr fod y Gard yn cael chweugain o gasgliad ganddynt. Ond fe gafodd ddirwy o swllt gan y Swyddfa Bost yn Llundain hefyd—am fod y Goets yn hwyr yn cyrraedd pen ei thaith !"

"Meddyliwch wir !" meddai Mrs. Parri, "fod dyn— wedi aberthu cymaint—yn cael ei gosbi yn y diwedd !"

"A dyna'r tro hwnnw pan fu rhaid iddyn nhw geibio'r Goets ugain o weithiau allan o'r lluwchfeydd cyn cyrraedd Caeredin yn yr Alban," meddai'r Capten. "Ac o siarad am yr Alban—dyna'r tro pan aeth Mêl Caeredin i ganol lluwch mor fawr fel nad oedd dim gobaith iddi fynd yn 'i blaen. Fe dynnodd y Gard a'r Gyrrwr ddau o'r ceffylau yn rhydd, a mynd ar eu cefnau er mwyn dwyn y Mêl i ben ei daith. Ond wedi mynd rai milltiroedd fe fu rhaid gadael y ddau geffyl yn yr eira a mynd ymlaen ar eu traed, a'r eira'n chwythu yn eu hwynebau nes bron â'u dallu.

A dyna'r tro olaf y gwelwyd y ddau yn fyw. Trannoeth pan oedd bugail allan yn edrych am ei ddefaid a oedd wedi diflannu dan y lluwchfeydd, fe welodd rywbeth yn fflachio yn yr haul, a oedd erbyn hyn yn disgleirio ar fyd gwyn glân. Pan aeth i edrych fe gafodd fag y Mêl wedi i glymu'n ofalus wrth goeden. Fe aeth bron wythnos heibio cyn i'r eira gilio digon iddyn nhw ddod o hyd i gyrff y Gyrrwr a'r Gard."

"O dier ! Fe fydd rhywbeth tebyg yn digwydd heno, Capten. Rwy'n teimlo'n siŵr erbyn hyn na chyrhaeddwn ni ddim mo Caergybi."

"Mrs. Parri," meddai'r Capten, "rwy'n ofni mod i wedi codi dychryn arnoch chi—mae'n ddrwg gen i—nid dyna oedd 'y mwriad i yn wir. Byddwch yn galonnog Madam, 'da chi. Os â pethau'n ddrwg iawn fe allwn ni aros dros nos mewn gwesty yn rhywle a mynd ymlaen yn y bore. Rydyn ni wedi cyrraedd hyd yma'n ddiogel— yn awr gadewch i ni fod yn llawn ffydd y down i gyd i ben ein taith yn ddi-anaf."

Bu distawrwydd wedyn tra disgynnai'r eira'n drwchus ar ddwy ffenestr y Goets.

PENNOD XIV

CYRHAEDDODD y Goets Gerrigydrudion yn ddiogel ond ei bod dros hanner awr yn hwyr. Unwaith bu rhaid i'r Capten, Arthur, y Gard a rhyw ffermwr caredig helpu'r Goets i fynd i fyny un o'r rhiwiau aml ar y ffordd rhwng Corwen a Cherrigydrudion. Methodd y ceffylau oherwydd fod eu pedolau'n llithro ar yr eira. Ond wedi cael pedwar dyn cryf wrth yr olwynion fe aeth y Goets i fyny'n iawn.

Ymlaen wedyn am Bentrefoelas, ac ar draws y mynydd-dir noeth, lle nad oedd cysgod gwrych na choeden. Chwibanai'r gwynt o gwmpas ffenestri'r Goets, ond er ei bod yn dal i fwrw eira, nid oedd cymaint ohono ar y ffordd ar y tir uchel hwnnw, am fod y gwynt yn ei chwythu ymaith. Ond erbyn hyn, serch hynny, roedd rhyw deimlad o ofn wedi disgyn ar bob un o deithwyr y Goets. Roedd y gwynt stormus, a'r eira'n chwyrlïo'n drwchus dros bob man, yn ddigon i rybuddio pawb ei bod yn mynd i fod yn noson fawr.

Eu hunig gysur oedd fod y Goets yn dal i fynd drwy'r cwbwl. Ond roedd hi wedi arafu llawer erbyn hyn, ac roedd sŵn y carnau a'r olwynion wedi lleddfu a distewi nes ei bod yn hawdd clywed y cerbyd mawr, trwm yn gwichian wrth fynd ar ei daith. Nid oedd llawer o sôn am y tyllau a'r tolciau yn y ffordd yn awr chwaith, a theimlai'r teithwyr fel petaent yn teithio ar felfed. Ar ben y Goets canai'r Gard ei gorn yn aml, er na wyddai neb o'r teithwyr pam. Ond chwipiai'r gwynt y sŵn ymaith gyda'r eira.

Daethant i Bentrefoelas, a mynd ymlaen wedyn heb wastraffu dim amser gan fod y Goets yn hwyr iawn erbyn hyn. Dim ond y Gyrrwr a'r Gard oedd tu allan yn y gwynt a'r eira yn awr. Eisteddai'r Gyrrwr yn grwm yn ei gotiau mawr yn ceisio craffu drwy'r eira a'r tywyllwch o'i flaen i weld y ffordd. Edrychai'n fwy tebyg i ddyn eira na dim byd arall gan fod y plu gwynion wedi glynu wrtho o'i gorun i'w sawdl. Ym mhen ôl y Goets safai'r Gard â'i gorff yn pwyso mlaen a'i wddf yn ddwfn yng ngholer ei got. Erbyn hyn roedd ef wedi taflu blanced drwchus dros ei ysgwyddau i geisio cadw'n gynnes. Ar y dechrau roedd e wedi bod yn gofidio fod y Goets yn hwyr, ond erbyn hyn nid bod yn hwyr oedd ei ofid, ond cael y Mêl trwodd rywfodd, rywbryd. Gwyddai eu bod wedi cyflawni cryn orchest i ddod mor bell ar noson mor filain.

Yr oedd tair modfedd o eira gwyn, glân ar y ffordd pan rowliodd y Goets i mewn i iard hen dafarn y "*Royal Oak*" ym Metws y Coed. Yr oedd tyrfa fechan o bobl yr ardal wedi crynhoi i'w gweld yn cyrraedd. Pan welsant y ddwy lamp fawr yn dod tuag atynt trwy'r tywyllwch cododd bloedd o gymeradwyaeth o ganol y rhai a oedd yn gwylio.

"Go lew'r hen Wil Tomos !" gwaeddodd un, "os aiff rhywun a'r Mêl trwodd—Wil Tomos yw e !" Teimlai pob un rhyw falchter mawr iawn wrth wylio'r Goets fawr yn sefyll ar iard y dafarn, er nad oedd ganddynt hwy ddim i'w wneud â'r ffaith ei bod hi wedi dod yn ddiogel trwy'r eira. Ond teimlent serch hynny mai eu Coets hwy oedd hi. Roedd hi wedi aros ar iard y "*Royal Oak*" a cheffylau'r "*Royal Oak*" fyddai'n mynd â hi yn 'i blaen i gyfeiriad Bangor. Ac roedden nhw i gyd yn nabod Wil Tomos, a Dic Pritchard y Gard hefyd o ran hynny. Dau Gymro oedden nhw, felly nid Coets rhyw bobol draw tua Llundain oedd hi o gwbwl. Ac eto fe wyddent yn iawn mai o Lundain roedd hi wedi dod, ac roedd hi'n destun rhyfeddod i bawb ei bod hi wedi dod o le mor bell â phrifddinas Lloegr ymhen un diwrnod. Byddai rhai o'r bobl hŷn yn methu'n lân a chredu'r fath beth. Ac eto dyna lle'r oedd hi ar iard y dafarn y funud honno, wedi teithio dau can milltir mewn pedair awr ar hugain. Yr oedd y peth yn wyrth !

"Ydych chi'n meddwl mynd trwodd, Wil Tomos ?" gofynnodd un o'r rhai oedd yn gwylio cyn gynted ag y disgynnodd y Gyrrwr i'r llawr.

"Mi fydda' i'n mynd trwodd i gegin y "*Royal Oak*" yn gynta, beth bynnag," meddai gan gerdded heibio iddynt i gyfeiriad drws agored y dafarn. Edrychai fel bwndel o wlân cotwm wrth gerdded ar draws yr iard. Cydiodd crwt ifanc ym mhennau'r ceffylau. Yn nrws y dafarn safodd y Gyrrwr a thynnu ei got fawr uchaf i lawr. Estynnodd hi i un o'r merched a oedd yn sefyll yn y drws.

"Cymer hon, 'y ngeneth bert i, a cheisia gael tipyn o'r eira 'ma allan ohoni." Yna cerddodd i mewn i'r dafarn fel lord. Dilynodd y Gard a'r teithwyr ef.

Hen dafarn gwledig, hen ffasiwn oedd y "*Royal Oak*" yn y dyddiau hynny—nid mor grand â rhai o'r tafarnau mawr yn Lloegr, ac eto roedd y lle yn gynnes, yn gartrefol ac yn gyfeillgar. Cafodd pawb rywbeth cynnes i'w yfed ar unwaith—y Gyrrwr wydryn mawr o frandi poeth a'r Gard wydryn llai. Yfodd Mrs. Parri laeth poeth â'r mymryn lleiaf o frandi ynddo a chafodd Olwen laeth poeth â llwyaid o fêl ynddo. Cafodd y Capten rym a llaeth ac Arthur ddim ond llaeth. Yr oedd dwy sgiw fawr—un bob ochr i'r tân a chiliodd y bechgyn lleol a oedd yn eistedd ar y rheiny i wneud lle i'r teithwyr a oedd ar fin rhewi.

Mrs. Owen oedd enw gwraig y dafarn—dynes fer, gron a llygaid duon, bywiog. Dyn bychan oedd ei gŵr hefyd ond ei fod yn dew iawn ac yn fwy crwn o dipyn na'i wraig.

Aeth y wraig fer ymlaen at Mrs. Parri.

"Os carech chi ddod gen i i'r gegin orau, Madam . . ." meddai . . . yna, gan edrych yn hanner difrifol ar y dynion o'i chwmpas, "Dyw iaith rhai pobol rwy'n nabod ddim yn weddus bob amser i wragedd bonheddig."

Gwenodd Mrs. Parri arni a chododd ar unwaith ac aeth Olwen a hithau a gwraig y dafarn allan.

Ar ôl iddyn nhw fynd dechreuodd Arthur sylweddoli fod y wraig fach wedi dweud y gwir nad oedd iaith dynion yn y dafarn yn rhyw weddus iawn. Ffermwyr o'r ardal a'u gweision oedd y rhan fwyaf ohonynt, ond yr oedd un neu ddau mwy garw yno hefyd, na allai Arthur feddwl beth oedd eu gwaith. Ond o ran hynny doedd iaith Wil Tomos y Gyrrwr ddim yn barchus iawn chwaith !

"Weles i sut noson dd . . . ig !" meddai wrth bawb o'i gwmpas, "dyma'r math o noson sy'n gneud i fi feddwl am riteirio i fyw ar rhyw ddyddyn bach yn rhywle."

Chwarddodd y ffermwyr a'r gweision yn uchel. Wil Tomos, brenin y ffordd fawr, yn riteirio i fyw ar ddyddyn ! Roedd y syniad yn ddoniol.

"Ydych chi'n meddwl mynd ymhellach ?" gofynnodd y tafarnwr tew i'r Gard.

Edrychodd y Gard yn ddifrifol arno. Nid oedd Arthur wedi cael cyfle da i weld ei wyneb o'r blaen. Ond yn awr, ac yntau wedi tynnu ei got a'i het gallai weld ei fod yn ddyn glân iawn yr olwg—ei wallt yn ddu fel y frân a chroen ei wyneb yn llyfn ac yn llwyd ar waetha'r ffaith ei fod wedi bod yn teithio trwy'r oerfel mor hir. Yr oedd golwg fywiog arno hefyd, fel dyn a oedd yn gwybod ei fusnes yn iawn.

"Pam rŷch chi'n gofyn cwestiwn felna, John Owen?" atebodd y Gard, "rŷch chi'n gwybod yn iawn fod yn *rhaid* i ni fynd ymlaen."

"Ond ddyn," meddai'r tafarnwr, "ewch chi ddim i fentro trwy fwlch Nant Ffrancon heno ! Mae'r ffordd siŵr o fod wedi cau'n barod."

"Fe awn ni cyn belled ag y medrwn ni. Os yw bwlch Nant Ffrancon wedi cau . . . wel . . fe gawn ni wynebu'r broblem honno pan ddown ni ati."

Ysgydwodd y tafarnwr ei ben.

"Faint o geffylau sy gennych chi yn y stablau ?" gofynnodd y Gard.

85

"Chwech o geffylau sy gynnon ni yma, Pritchard, ac mae pedwar ohonyn nhw'n cael 'u clymu wrth y Goets y funud 'ma."

"Mae 'na ddau ar ôl felly ?"

"Oes. Ydych chi'n meddwl . . . ?" Ni orffennodd ei gwestiwn.

"Ydw, rwy'n meddwl y bydd gwell i ni glymu chwech heno, Mr. Owen."

Daeth Wil Tomos y Gyrrwr atynt.

"Beth yw hyn, Dic ? Glywais i di'n sôn am glymu chwech ?"

"Do, Wil, dyna'r peth doethaf heno rwy'n meddwl. Does gynnon ni ddim gobaith mynd trwodd â dim ond pedwar."

Ysgydwodd y Gyrrwr 'i ben.

"Mae'n gas gen i chwe cheffyl, Dic—rwyt ti'n gwbod hynny'n iawn. Dim ond un waith y ces i ddamwain erioed, ac roedd gen i chwe cheffyl wrth y Goets y noson honno."

"Fe gewch chi bostilion, Wil Tomos," meddai'r Tafarnwr. "Mae gen i fachgen ifanc 'ma sy'n giamster ar drin ceffylau, ac mae e wedi gwneud y gwaith o'r blaen."

Ysgydwodd y Gyrrwr ei ben unwaith eto.

"Postilion neu beidio, dwy' i ddim yn hoffi chwe cheffyl. Rwy' i'n gallu trin pedwar yn iawn, ond pan gewch chi *chwech* dyna hi ar ben."

"Ond awn ni ddim trwodd â dim ond pedwar ceffyl heno," meddai'r Gard.

"Wel, fe awn cyn belled ag y medrwn ni," meddai'r Gyrrwr.

Erbyn hyn yr oedd y bechgyn lleol i gyd wedi distewi ac yn gwrando ar y ddadl rhwng y Gyrrwr a'r Gard.

"Rhaid i ni ddilyn y rheolau, Wil," meddai'r Gard yn ddi-amynedd.

"Ba !" meddai Wil Tomos, gan boeri ar y llawr.

"Rwy'n dweud fod gwell siawns gyda ni i fynd trwodd â phedwar ceffyl."

"Sut wyt ti'n gallu dweud hynny ?" gofynnodd Dic Pritchard, gan wgu arno. "Os awn ni cyn belled â Chapel Curig, fydd gan bedwar ceffyl ddim gobaith i'n tynnu ni i fyny'r ochr draw, a thrwy'r Pas, os oes eira ar y ffordd !"

"Does gen i ddim ffydd mewn chwe cheffyl a phostilion," meddai'r Gyrrwr. "Pan fydd postilion ar gefn un o'r ceffylau blaen, fe—ac nid fi sydd yn gyrru'r Goets —mae'r cyfan allan o nwylo i yn hollol. Fe allwn i fod yn eistedd y tu mewn gyda'r ddau ŵr bonheddig 'ma (gan gyfeirio at y Capten ac Arthur wrth y tân)—a beth mae postilion dibrofiad yn wybod am yrru Coets ? Beth ?"

Trawodd fôn ei chwip ar y llawr.

Am ennyd bu distawrwydd yn y gegin â dim sŵn i'w glywed ond sŵn y gwynt yn y simnai a sŵn lleisiau'r gweision yn gweiddi ar ei gilydd. A thrwy'r ennyd honno o ddistawrwydd bu'r Gyrrwr a'r Gard yn edrych ar ei gilydd.

Trodd y Gard at y tafarnwr.

"Dwedwch wrth y bechgyn am glymu chwech heno," meddai.

"Ba !" meddai'r Gyrrwr, gan fynd yn ôl at y tân i ymyl Arthur a'r Capten.

"Duw a'ch helpo chi i gyd o hyn ymlaen," meddai'n uchel, "beth bynnag fydd yn digwydd, nid arna' i fydd y bai."

PENNOD XV

YMHEN tipyn daeth y tafarnwr tew yn ôl, a hogyn ifanc yn ei ddilyn.

"Dyma fe'r bachgen," meddai'r Tafarnwr wrth Dic Pritchard y Gard.

Edrychodd pawb ar yr hogyn a oedd i fod yn bostilion ar ddau geffyl blaen y Goets o'r fan honno ymlaen.

Nid oedd, o ran ei gorff, fawr iawn mwy na phlentyn, a phrin y gallai neb weld ei wyneb gan fod sgarff lwyd, drwchus wedi ei chlymu am ei ben. Amdano yr oedd hen got dyllog a llinyn wedi ei glymu am y canol i'w dal yn ei lle. Am ei ddwy goes yr oedd wedi lapio dwy sach, ac wedi eu clymu â rhagor o linynnau. Edrychai braidd yn rhyfedd a dweud y lleia. Ond yr oedd ganddo bâr o lygaid byw, ac yn ei law dde yr oedd chwip fer o ledr.

Edrychodd y Gyrrwr yn swrth arno. A dweud y gwir roedd ef oherwydd ei gweryl â'r Gard, efallai, wedi bod yn yfed yn bur drwm, ac yn awr yr oedd ei wyneb a'i lygaid yn goch.

"Beth yw 'i enw fe, Mr. Owen ?" gofynnodd y Gard.

"Bob—Bob Roberts. Fe gewch chi weld y bydd e'n gwybod 'i waith yn iawn."

"Hy !" meddai Wil Tomos, gan godi ar ei draed.

"O'r gore, gadewch i ni fynd," meddai'r Gard, gan arwain y ffordd at y drws.

Y tu allan roedd hi'n chwythu'n storm erbyn hyn, ond meddyliodd Arthur fod yr eira wedi llacio peth. Ond roedd hi'n anodd dweud gan ei bod mor dywyll.

Daeth Mrs. Parri ac Olwen allan o'r dafarn, ac yng ngolau lampau'r Goets gallai Arthur weld eu bod wedi cael cyfle i ymbincio tipyn ym mharlwr cefn y "*Royal*

Oak", oherwydd edrychai'r fam a'r ferch yn hynod o ddel.

Neidiodd y postilion bach ar gefn y ceffyl blaen, a dringodd y Gyrrwr a'r Gard i'w lle ar ben y Goets. Yna caewyd y drysau a chanodd y Gard ei gorn. Cychwynnodd y Goets gyda phlwc a thipyn o ansicrwydd, a meddyliodd Arthur wrtho'i hunan fod rhywbeth yn yr hyn oedd y Gyrrwr wedi'i ddweud ynglŷn â chwe cheffyl i dynnu'r Goets.

Ond erbyn mynd dipyn ar y ffordd tua Chapel Curig fe wyddai mai'r Gard oedd yn iawn. Gwyddai na allai pedwar ceffyl fod wedi mynd â'r Goets trwy'r eira, a oedd erbyn hyn wedi lluwchio'n drwm ar hyd y ffordd.

Wedi i'r ceffylau fygwth methu droeon oherwydd fod y lluwchfeydd mor ddwfn, fe gyraeddasant Gapel Curig. Er nad oedd hi ond chwe milltir o daith o Fetws y Coed, fe gymerod dros awr a hanner i'r Goets gyrraedd iard tafarn y "Castell" yng Nghapel Curig. Cyn i un o'r pedwar teithiwr gael cyfle i symud, agorwyd drws y Goets gan y Gard. Dim ond y corn yn ei law oedd yn dweud wrthynt mai'r Gard oedd, oherwydd roedd ei gorff i gyd dan flanced gwyn o eira.

"Gyfeillion," meddai, "rwy'n meddwl y bydd hi'n ddoethach i chi aros yma heno. Fe fydd y Goets yn mynd yn 'i blaen wrth gwrs, ond gan nad oes dim rhaid i chi fentro mlaen trwy Nant Ffrancon, rwy'n eich cynghori i beidio peryglu'ch bywydau trwy fynd gam ymhellach heno."

Edrychodd y pedwar teithiwr ar ei gilydd, a chwyrlïodd ffluwch o eira i mewn trwy ddrws agored y Goets.

"Dewch," meddai'r Gard, "i chi gael twymo tipyn wrth dân y dafarn, fyddwn ni ddim yn cychwyn ar unwaith beth bynnag." Yna roedd e wedi mynd o'r golwg.

Edrychodd y Capten o un i'r llall.

"Rwy'n meddwl fod cyngor y Gard yn un doeth,"

meddai, "rwyf inne am bwyso arnoch chi bob un i beidio â mynd ymhellach heno."

"Beth ŷch chi am wneud, Capten ?" gofynnodd Olwen.

"Y . . . rwy'n meddwl yr â i mlaen gyda'r Goets, Miss Parri, ond amdanoch chi a'ch Mam . . ."

"O, rŷch chi a'r Gard am geisio cael gwared ohonom ni nawr ydych chi ?" meddai Mrs. Parri.

Edrychodd Arthur a'r Capten arni mewn syndod. Ai hon oedd y ddynes ofnus oedd ganddynt yn cychwyn o Lundain ?

"Ond Madam . . ." dechreuodd y Capten.

"Mrs. Parri yw'n enw i," meddai hithau, "ac rwy'n siomedig, Capten, eich bod chi o bawb yn ceisio cael gwared ohonom ni fel yna. Os arhoswn ni yma fe allwn ni fod am wythnos neu ragor ynghanol y lluwchfeydd. Mae meddwl am dreulio'r Nadolig yng Nghapel Curig yn codi mwy o arswyd arna' i nag unrhyw berygl a all fod yn ein haros ni ar y ffordd ymlaen."

Beth oedd wedi digwydd iddi ? Roedd hi wedi newid yn llwyr !

"Ond Mrs. Parri . . ."

"Rwy'n mynd ymlaen, Capten. Rwy' i wedi cychwyn allan i fynd i Iwerddon i weld fy ngŵr, ac rwy'n bwriadu cyrraedd pen y daith mewn pryd i gael 'y nghinio Nadolig yn Iwerddon—ac nid yng Nghapel Curig. Felly bydd Olwen a minnau'n mynd efo'r Goets i Gaergybi."

"Ond beth os bydd hi'n methu cyrraedd Caergybi ?"

"Fe gawn ni groesi'r bont yna pan ddown ni ati, Capten," Roedd Mrs. Parri'n benderfynol.

"A beth amdanat ti, Arthur ?" gofynnodd y Capten.

"Y . . . fi ?" meddai Arthur, fel pe bai'n synnu fod neb yn gofyn iddo ef. Fe garai fod wedi ateb ar ei ben, ei fod ef yn mynd ble bynnag y byddai Olwen yn mynd, ond gwyddai y byddai dweud hynny'n hurt ac yn haerllug.

"Ie," meddai'r Capten, "wyt ti am fynd yn dy flaen neu nag wyt ti ?"

"O ydw, os ŷch chi i gyd yn mynd—dwy'i ddim am aros ar ôl yng Nghapel Curig."

Erbyn hyn roedd ceffylau newydd wedi eu clymu wrth y Goets, a gwyddent nad oedd amser i ddisgyn a mynd i mewn i'r dafarn bellach. Daeth y Gard yn ôl.

"Wel ?" gofynnodd, "ydych chi'n mynd i ddisgyn neu nad ŷch chi ?"

"Na," atebodd y Capten, "rydyn ni i gyd am fynd ymlaen efo'r Goets."

"Ond ddyn, ydych chi ddim wedi 'styried . . .?"

"Ydyn," meddai Mrs. Parri, "rydyn ni wedi ystyried popeth, ac rydyn ni wedi penderfynu mynd ymlaen."

Ysgydwodd y Gard ei ben. "Dwy' i ddim am ddadlau rhagor â chi, Ma'am," meddai, "ond cofiwch, rwy wedi rhoi rhybudd teg i chi."

Yna caeodd ddrws y Goets, a dyna lle'r oedd y pedwar unwaith eto yn eu byd bach eu hunain, a'r storm a'r nos a'r cyfan y tu allan. Cychwynnodd y Goets eto. Roedd yr hogyn rhyfedd hwnnw a'r sachau am ei goesau wedi cytuno i fynd ymlaen gyda'r Goets dros y Pas, ac yn awr eisteddai unwaith eto ar gefn un o'r ceffylau blaen â'i chwip fer yn ei law.

*   *   *

Fe gyrhaeddodd y Goets y Pas uwch ben Nant Ffrancon. Ond cyn hynny roedd pob un o'r teithwyr wedi cael profiadau na fyddent yn eu hangofio am byth. Nid oedd ond rhyw bum milltir o Gapel Curig i'r Pas, ond cymerodd yn agos i dair awr i'r Goets. Pan fyddai'r siwrnai honno'n dod i gof Arthur ymhen blynyddoedd wedyn, ni allai gofio dim byd yn glir. Cofiai am y Goets yn mynd i'r lluwchfeydd ac yn stopio. Cofiai amdano ef a'r Capten yn mynd allan wedyn a gweld y ceffylau hyd eu boliau yn yr eira. Cofiai regfeydd Wil Tomos, ond yn bennaf

91

cofiai am Bob Roberts, y tamaid o hogyn o Fetws y Coed yn llwyddo i gael y ceffylau a'r Goets allan o'r lluwch bob tro. Weithiau byddai'r ceffylau druain yn gwylltio gan ofn ynghanol yr eira ac yn bygwth chwalu'r tresi a'r harnes i gyd. Ond byddai llais a llaw Bob Roberts yn eu tawelu bob tro. A thrwy hir amynedd a dyfeisgarwch fe lwyddai i gael y Goets ar ei thaith wedyn. Ond yn wir, roedd pawb wedi gorfod helpu i glirio'r eira a rhoi ei bwysau wrth yr olwynion. Cofiai ei fod yn wlyb domen hyd ei hanner ymhell cyn cyrraedd y Pas. Ond ni theimlai'n oer serch hynny, gan ei fod yn gorfod bod wrthi â'i holl egni bron drwy'r amser. Yr oedd dwy raw ar y Goets, a bu rhieni o gymorth mawr iddynt pan oedd yn ymddangos nad oedd gobaith mynd ymhellach.

Cofiodd fod Mrs. Parri wedi synnu pawb. Ar y rhan gyntaf o'r siwrnai o Lundain roedd hi wedi ymddangos i bawb fel dynes ofnus dros ben. Ond wedi iddi ddod wyneb yn wyneb â pheryglon y noson honno, roedd hi wedi dangos ei metel. Roedd hi ac Olwen wedi gadael eu seddau diogel y tu mewn i'r Goets droeon er mwyn rhoi eu hysgwyddau wrth yr olwynion i'w helpu i fynd yn 'i blaen. Roedd eu sgertiau hirion hwythau'n wlyb domen ymhell cyn dringo i ben y Pas.

Un peth oedd wedi eu helpu i gyrraedd y Pas, oedd y ffaith fod yr eira wedi stopio a'r lleuad wedi dod allan. Roedd hi'n lleuad lawn hefyd, a thaflai ei golau dros y byd gwyn o'u cwmpas.

Gwyddai Arthur na fyddai'r un ohonynt yn anghofio'r olygfa honno o ben y Pas tra byddent byw. Roedd y Goets wedi aros er mwyn i'r ceffylau gael anadl ar ôl ymdrechu mor galed i dynnu'r Goets drom i fyny o'r gwaelod. Daeth y teithwyr allan i'r heol a sefyll fan honno yn y distawrwydd i edrych o'u cwmpas. Yr oedd hi'n olau fel dydd erbyn hyn a gallent weld y mynydd-oedd anferth ar bob ochr—y Glydyr Fawr ar y dde a'r Wyddfa yn y pellter ar y chwith.

Nid oedd un sŵn i'w glywed ond chwiban awel fain y mynydd o gwmpas eu clustiau. Teimlai Arthur yr unigedd yn pwyso'n drwm arno. Daeth syniad i'w ben mai dim ond nhw oedd ar ôl yn y byd gwyn i gyd, a bod pawb arall wedi eu claddu am byth dan yr eira.

PENNOD XVI

AR ben y Pas tynnodd yr hogyn, Bob Roberts, ei ddau geffyl yn rhydd.

"Fydd dim angen rhain arnoch chi ar y goriwaered, Wil Tomos," meddai yn ei lais main.

"Na fe'i gwnawn ni hi nawr, gei di weld. Gwaith dal y ceffylau yn ôl fydd yn awr ar y ffordd lawr am Lyn Ogwen. Mi fyddwn ni yn nhafarn Glan Llyn cyn pen hanner awr, gei di weld."

"Wyt ti ddim am fynd nôl i Fetws y Coed heno ?" gofynnodd y Gard. Ysgydwodd yr hogyn ei ben.

"Na dim ond cyn belled â Chapel Curig heno. Fe â' i tua Betws y Coed bore fory, ar ôl bydd y ceffylau wedi cael hoe a thipyn o fwyd."

"Ie, a thithe hefyd !" meddai'r Gard. "Oni bai am dy help di heno, fydden ni ddim wedi cyrraedd pen y Pas."

"Na," meddai Wil Tomos, yn fwy caredig erbyn hyn, "ac fe ddylai'r dynion mawr tua Llundain 'na dy dalu di'n dda am heno."

"Mi fydda' i'n rhoi gair da i dy waith di pan fydda' i'n anfon hanes y daith heno i Lundain," meddai'r Gard wedyn, "un da wyt ti gyda cheffylau, fachgen."

"Fe ddylet ti wneud gyrrwr Coets go dda ryw ddiwrnod," meddai Wil Tomos.

Rhoddodd y Gard goes i fyny i'r cyfrwy i'r hogyn a chyn bo hir yr oedd ef a'r ddau geffyl wedi diflannu heibio i'r tro ar eu ffordd yn ôl tua Chapel Curig.

Aeth y Goets yn ei blaen wedyn, i lawr y goriwaered tua gwaelod Nant Ffrancon. Ond nid oedd proffwydol-iaeth y Gyrrwr y byddent yn "ei gwneud hi nawr" yn gywir. Ni chyrhaeddodd y Goets dafarn Glan Llyn y noson honno wedi'r cyfan.

Roedd y pedwar ceffyl yn mynd yn hawdd drwy'r eira i lawr y rhiw, a phawb yn teimlo fod y gwaethaf drosodd, pan welodd y Gyrrwr yn sydyn bentwr gwyn ar y ffordd o'i flaen. Gan fod pob bryn a phant a phren yr un lliw, ni welodd ei berygl tan y funud olaf. Ond cyn gynted ag y gwelodd y pentwr o'i flaen yng ngolau'r lleuad, rhoddodd blwc sydyn i'r awenau i geisio osgoi'r peth. Fe lwyddodd i wneud hynny hefyd, ond wedyn aeth y Goets i bant dwfn wrth ymyl y ffordd a oedd yn llawn o eira, a dyna hi'n stop sydyn.

Daeth y Gard i lawr o'i sedd uchel a daeth y teithwyr allan unwaith eto i weld beth oedd yn bod.

Gwelsant ar unwaith fod y Goets wedi mynd yn rhy ddwfn i'r ceffylau blinedig feddwl ei thynnu allan y tro hwn. Yn wir, yr oedd y pedwar creadur hyd eu cynffonnau yn y lluwch ac yn sefyll yno'n llonydd heb geisio terfysgu na gwylltio na dim.

Safai'r Goets ar oledd â'i holwyn flaen bellaf o'r golwg yn yr eira. Edrychodd y chwech ohonynt ar yr olygfa'n syn.

"Dyna hi ar ben, myn cebyst i !" meddai'r Gard. "Aiff y Goets ddim pellach heno !"

Edrychodd ar Mrs Parri ac Olwen.

"Fe ddwedes i ddigon Ma'am, y byddai'n well i chi fod wedi aros yng Nghapel Curig. Dyma ni nawr yn nyfnder nos ymhell o bob man a'r Goets wedi suddo yn y lluwch. Beth ddigwyddodd Wil ? Sut est ti i'r ffos fan hyn ?"

"Welest ti ddim mo'r peth yna ar y ffordd ?"

"Do fe weles i rywbeth. Beth oedd e—lluwch ?"

Edrychodd pawb i fyny'r ffordd, yna cerddodd y Gyrrwr rai llathenni yn ôl ac aeth y lleill ar ei ôl. Nid lluwch oedd ar y ffordd ond wagen fawr wedi ei chuddio gan eira. Nid oedd sôn am geffylau na gyrrwr yn un man.

"Mae'n rhaid bod hon fan yma ers oriau—wedi methu

mynd i fyny'r rhiw. Ys gwn i ble mae'r gyrrwr a'r ceffylau wedi mynd ?"

Ond nid oedd sôn am neb o gwmpas y wagen unig o dan yr eira.

"Wel, rhaid i mi fynd ymlaen, Wil," meddai'r Gard.

"Wyt ti am i mi ddod gyda ti ?"

"Na, bydd yn well i ti aros i ofalu am y Goets a'r teithwyr yma. Wn i ddim a ddaw rhywun i'ch helpu chi cyn y bore."

Erbyn hyn yr oedd yn sefyll wrth ben y ceffyl blaen agosaf i'r ffordd. Dechreuodd Wil Tomos ei helpu i dynnu'r ceffyl yn rhydd o'r tresi.

"Mi alwa' i yn nhafarn Glan Llyn i geisio cael gan rywun ddod i'ch cwrdd chi," meddai'r Gard wrth y teithwyr. "Yn y cyfamser gwell i chi ddechrau cerdded i lawr . . ."

Aeth i gefn y Goets a thynnu allwedd o'i boced ac agor y gist ddur lle'r oedd y Mêl. Tynnodd y sach allan a'i thaflu ar ei gefn. Yn y cyfamser yr oedd y Gyrrwr wedi llwyddo i gael y ceffyl yn rhydd ac i fyny i'r ffordd. Neidiodd y Gard ar ei gefn.

"Mi fydda' i'n mynd ymlaen am Gaergybi, cyn belled ag y medra' i . . ."

Yna yr oedd wedi mynd i lawr y ffordd ar drot cyflym.

Ar ôl i'r Gard ddiflannu trodd Wil Tomos at y lleill. "Os ydyn ni'n mynd i lawr fe awn ni â'r ceffylau gyda ni. Yn wir, Capten, rwy'n meddwl y gallai'r merched farchogaeth . . ."

"Dim diolch yn fawr !" meddai Mrs. Parri, cyn iddo gael amser i orffen ; "dwy'i erioed wedi bod ar gefn ceffyl yn 'y mywyd—fe alla'i i gerdded yn iawn."

"Beth bynnag fe awn ni â'r ceffylau gyda ni. Byddai eu gadael fan hyn yn yr eira drwy'r nos yn greulon, waeth fe fydden nhw'n siŵr o farw yn yr oerfel. Ga' i'ch help chi'ch dau . . ."

Gyda thipyn o drafferth tynnwyd y tri cheffyl arall yn rhydd o'r tresi.

"Wfft i'r eira, ddweda' i !" meddai Wil Tomos, "mae e'n edrych yn bert iawn, ond myn brain i, mae e'n elyn i ni sy'n gorfod teithio ffordd yma yn y gaea'. Rhowch goes i fi os gwelwch yn dda, syr," meddai gan droi at y Capten. "Rwy' i, beth bynnag, yn mynd lawr ar gefn y ceffyl 'ma. Mae'n biti na fyddai'r ddwy ledi'n gwneud yr un peth, waeth mae'r eira'n lled drwchus, hyd yn oed ar ganol y ffordd. Ydych chi, foneddigion, yn gyfarwydd â thrin ceffylau ?"

"Ydyn," meddai'r Capten ac Arthur gyda'i gilydd.

"Fe gewch chi ofal y ddau geffyl arall felly—i farchog-aeth neu 'u tywys nhw fel y mynnoch chi. Maen nhw'n ddigon tawel erbyn hyn, does dim eisie i chi ofidio. Os gwelais i geffylau wedi blino erioed, dyma nhw !"

"Beth amdanoch chi, Miss Parri ?" gofynnodd y Capten, "garech chi farchogaeth ?"

Bu Olwen yn petruso am eiliad. Yna ysgydwodd ei phen, ar ôl edrych ar y ceffyl mawr, uchel, a'i war yn mygu yng ngolau'r lleuad.

"O, wel, gadewch i ni fynd," meddai'r Gyrrwr Rhoddodd ei ddwy law ar war un o'r ceffylau, a chododd un goes i'r Capten roi hwb iddo i fyny ar ei gefn. Yr oedd Wil Tomos y Gyrrwr yn ddyn mawr trwm, ac roedd ei ddwy got fawr anferth yn wlyb domen, a chafodd y Capten dipyn o waith i'w godi i'r cyfrwy.

"Dewch, ffrindie," gwaeddodd ar ôl setlo yn y cyfrwy, "does gynnon ni ddim mwy na rhyw ddwy filltir ar y mwya i Glan Llyn. Ji-yp !"

Cychwynnodd y ceffyl blinedig a'i farchog trwm i lawr y rhiw. Cydiodd y Capten ac Arthur ym mhennau'r ddau arall, ac aeth y cwmni bach o bedwar tan gerdded ar ôl y Gyrrwr. Ond yn fuan iawn ar ôl dechrau'r daith i lawr y rhiw sylweddolodd y pedwar fod y daith i dafarn

Glan Llyn yn mynd i fod yn dreth arnynt i gyd, yn enwedig ar Mrs. Parri ac Olwen. Roedd yr eira'n drwchus iawn mewn rhai mannau ac roedd eu sgertiau hirion mor wlyb erbyn hyn, a'u godre mor drwm, prin y gallent eu llusgo drwy'r eira.

Cydiodd y Capten ym mraich Mrs Parri i'w helpu ymlaen. Darganfu Olwen yn fuan iawn na allai hi fynd drwy'r eira a'i sgertiau'n llusgo ; felly cododd hwy at ei phengliniau a brasgamu o flaen y lleill. Gwgodd Mrs. Parri ar ei merch yn dangos ei choesau mor ddi-gwilydd, ond teimlai'n rhy flinedig ac oer i ddweud dim. Yr oedd Arthur yn ceisio cael digon o ddewrder i ofyn i Olwen gydio yn ei fraich yntau, ond methai'n lân a chael y geiriau dros ei wefusau.

Yna'n sydyn dyma Olwen yn llithro ar y ffordd ac yn cwympo bendramnwgl i ganol yr eira. Gadawodd Arthur ben y ceffyl yn rhydd a rhedeg ati. Cododd hi ar ei thraed unwaith eto. Roedd eira yn ei cheg, yn ei gwallt ac ar ei dillad i gyd.

"Ydych chi . . .? Ydych chi'n iawn ?" gofynnodd Arthur. Gwelodd hi'n gwenu.

"Pe baech chi wedi cydio yn 'y mraich i . . ." meddai, a gwyddai Arthur ei bod yn tynnu ei goes eto.

"Arthur !" meddai'r Capten yn awdurdodol, "rhaid i ti fynd ar gefn y ceffyl yna, a rhaid i Miss Parri farchogaeth tu cefn i ti."

"Ond . . ." dechreuodd Olwen, ond nid oedd y Capten yn fodlon dadlau.

"Dyna'r unig ffordd Miss Parri, os ydyn ni am gyrraedd y dafarn cyn y bore. Ac fe fyddwch chi'n iawn tu ôl i Arthur, a pheth arall mae'r ceffyl yna wedi blino gormod i wylltio a'ch taflu chi na dim byd felly. Arthur tyrd i mi gael rhoi coes i ti."

Cyn gynted ag yr oedd Arthur ar gefn y ceffyl, cydiodd y Capten yn Olwen a'i chodi fel pe bai'n ddim trymach na phluen a'i gosod i eistedd tu ôl iddo.

"Nawr cydiwch yn dynn am ganol yr hogyn ac fe fyddwch chi'n iawn, Miss Parri. A nawr—chi Mrs. Parri, rwy am eich gosod chi ar gefn y ceffyl arall yma."

"Na . . . Na . . ." meddai Mrs. Parri, ond roedd hi'n hawdd gweld nad oedd hi'n barod i ddadlau â'r Capten yn awr.

"Ond sut ewch chi ar gefn y ceffyl ?" gofynnodd Arthur.

"Fel hyn," meddai'r Capten, gan dynnu'r ceffyl yn nes at y clawdd. Yna ar ôl dringo'r clawdd taflodd ei goes dros y ceffyl a disgyn ar ei gefn.

"Ma'am . . ." meddai wrth Mrs. Parri, gan estyn ei ddwy law i lawr ati. Cydiodd o dan ei cheseiliau a'i chodi i'w gôl. Yna, gyda pheth trafferth, rhoddodd hi i eistedd tu ôl iddo. Ni symudodd y ceffyl blinedig.

PENNOD XVII

Ac fel yna—ar gefnau tri o geffylau'r Goets y daeth
y cwmni bach o'r diwedd i dafarn Glan Llyn.
Er ei bod erbyn hyn yn oriau mân y bore, yr oedd golau
croesawus yn ffenestri'r dafarn, ac roedd gwraig y tŷ
a'i dwy ferch ar eu traed yn disgwyl amdanynt. Yn wir,
yr oedd y teithwyr wedi cael cwmni dau o weision y
dafarn ar y rhan olaf o'u taith i lawr i'r gwaelod. Yr
oedd Dic Pritchard wedi galw i newid ceffyl cyn gyrru
ymlaen ar ei daith drwy'r nos. Ond cyn ymadael roedd
e' wedi gofyn i wraig y dafarn anfon rhywun i fyny i
helpu'r teithwyr.

Mrs. Parri oedd y cyntaf i gerdded i mewn i gegin
fawr, olau'r dafarn. Yn rhyfedd iawn yr oedd gwên ar
ei hwyneb hardd. Roedd hi wedi cychwyn allan o
Lundain yn llawn ofn a dychryn y byddai pob math o
bethau'n digwydd iddi hi a'i merch. Ac yn awr, dyma
hi wedi bod trwy bob math o beryglon—hyd yn oed wedi
marchogaeth ar gefn ceffyl am y tro cyntaf yn ei bywyd—
ac wedi dod trwy'r cyfan yn fyw ac yn iach ! Yn dawel
bach roedd Mrs. Parri wedi mwynhau'r cyfan, ac yn
awr fe deimlai'n hapus am ei bod wedi cael blas ar fod
yn fentrus. Gwyddai y byddai'n cofio am byth am y
siwrnai faith honno o Lundain i Lan Llyn. Teimlai'n
siŵr na fyddai arni ofn dim byth ragor beth bynnag a
ddeuai i'w chwrdd.

Synnodd gwraig y dafarn a'i merched ei gweld yn
cerdded i mewn â gwên ar ei hwyneb. Roedden nhw
wedi disgwyl gweld rhywun wedi dychryn ac wedi gwan-
galonni.

Ond yr oedd merched y dafarn wedi sylwi ar unwaith
ar gyflwr ei gwisg drwsiadus a'r bonet a'r got deithio yn

ffasiwn ddiweddaraf Llundain. Felly dyma nhw'n ym-
grymu iddi a rhedeg i'w harwain at y tân.

Wedyn daeth Arthur ac Olwen i mewn law yn llaw.
Roedd Olwen, druan, yn wlyb domen, gan fod yr eira
oedd hi wedi 'i gasglu wrth gwympo ar y ffordd yn awr
wedi toddi ac wedi gwlychu ei dillad o'i bonet i waelod ei
sgert. Cyn gynted ag y gwelodd Mrs. Parri gyflwr dillad
Olwen, fe gofiodd yn sydyn, eu bod wedi gadael eu
bagiau ar y Goets. Nid oedd ganddynt ddilledyn i newid
am y rhai gwlybion !

"O diar 'ngenath i," meddai gwraig y dafarn, gan
redeg at Olwen a mynd â hi o law Arthur, "Megan !"
gwaeddodd gan droi at ei merch ienga, "dos â'r enath 'ma
i fyny i'r llofft ac i'r gwely'r funud 'ma !"

"Ond . . ." meddai Olwen, gan edrych ar ei mam.

"Na," meddai gwraig y dafarn, "mae'r gwely wedi ei
gynhesu'n barod, a dyna'r lle gore iddi rwan."

"Mae arna' i eisie bwyd . . ." Roedd sŵn dagrau yn
llais Olwen.

"Fe gei di fwyd ngenath i," meddai'r wraig garedig,
"ond yn gynta' rhaid i ni dy gael di'n gynnes yn y gwely
ac allan o'r dillad gwlybion yna. Tyrd."

Arweiniodd Olwen tuag at y grisiau lle roedd ei
merch Megan yn disgwyl. Gwyliodd Arthur y ddwy
ferch yn mynd i'r llofft, a'r peth olaf a welodd oedd sgert
hir, wlyb Olwen yn llyfu'r grisiau wrth fynd i fyny. Yna
roedd y ddwy wedi diflannu.

Daeth y Capten a'r Gyrrwr i mewn wedyn ac aeth
gwraig y dafarn a'i merch arall ati i wneud pryd o fwyd
i bawb. Yr oedd hi'n tynnu am dri o'r gloch cyn i'r
golau fynd allan yn nhafarn Glan Llyn y noson honno.
Ond o'r diwedd yr oedd pawb yn ei wely'n cysgu'n
drwm—a'r teithwyr blinedig yn drymach na neb. Bu
rhaid i'r Capten rannu gwely â Wil Tomos, y Gyrrwr, ac
er bod hwnnw'n chwyrnu fel injian stêm, fe gysgodd yn
iawn.

Cysgodd Arthur gydag un o'r gweision mewn ystafell fach, fach, yn agos i do'r hen dafarn.

A thra'r oedd pawb yn cysgu'n braf yn nhafarn Glan Llyn, roedd Dic Pritchard yn carlamu drwy'r eira ar draws sir Fôn â'r Mêl i Gaergybi ar ei gefn.

A fry ar y rhiw i gyfeiriad y Pas gorweddai'r Goets Fawr ar oledd yn y lluwch eira—yn llonydd yn awr heb enaid byw yn agos ati. Erbyn hyn roedd y ddwy lamp fawr wedi diffodd am fod yr olew wedi darfod, ac edrychai'r cerbyd, a oedd wedi cychwyn allan o Lundain â golwg mor wych a disglair arno, yn debyg i hen long wedi ei gadael ar y graig ar ôl storom.

Ac yn y fan honno—hanner ffordd rhwng y Pas a gwesty Glan Llyn y gadawn ni'r Goets, ar ôl ei dilyn am dros ddau can milltir o Lombard Street a'r Swyddfa Bost.

DIWEDDGLO

TRANNOETH fe gyrhaeddodd y Capten Fangor yn
ddiogel. Ond nid yn y Goets chwaith—ond yng
ngherbyd ysgafnach y dafarn. Teithiai Mrs. Parri,
Olwen ac Arthur gydag ef. Erbyn hynny roedd y
gwynt wedi tyneru a'r eira'n cilio'n gyflym. Yr oedd niwl
tew dros y Fenai pan ffarweliodd y Capten â'i ffrindiau ;
ond nid oedd yn rhy drwchus i'r teithwyr allu gweld
rhyfeddod y Bont fawr, newydd a oedd yn hongian wrth
ei chadwyni anferth uwchben y môr llwyd.

Nid oedd agos cymaint o eira wedi disgyn ar ynys Fôn
ac ni chafodd y tri drafferth i gyrraedd Caergybi yn
ddiogel.

Fe ddaliodd Mrs. Parri a'i merch y llong i'w cludo
i Iwerddon a buont yn ddigon ffodus i gael mordaith
ddiogel a thawel.

Ond cyn ffarwelio ar y Cei yng Nghaergybi roedd
Mrs. Parri ac Olwen wedi pwyso ar Arthur i alw i'w
gweld ar ôl iddynt ddychwelyd i Lundain.

O ie—bu bron i mi anghofio hefyd—fe ddylwn ddweud
fod Dic Pritchard wedi cyrraedd â'r Mêl yn ddiogel yng
Nghaergybi ymhell cyn hynny—yn hwyr, ond yn ddiogel,
ar waetha pob anhawster. A rywbryd ym mis Ionawr, fe
gafodd chweugain o rodd gan y Swyddfa Bost—a *rhybudd*
i beidio a chyrraedd yn hwyr byth wedyn !

Fe gafodd y chweugain am gofio, pan oedd y Goets
wedi methu, fod "RHAID I'R MÊL FYND TRWODD !"

DIWEDD

Dyma hen faled Gymraeg a ysgrifennwyd gan fardd a deithiodd ar ben y Mêl o Gaerfyrddin i Aberteifi tua 1898, yn ystod teyrnasiad y Frenhines Victoria.

CÂN NEWYDD

DIDYMYS GLANGWILI

O Gaerfyrddin i Aberteifi ar Ben y Mêl

AR ryw fore oddeutu'r Clamai
    Myned rown tua thŷ fy nhad ;
A bwriadwn pan gychwynnais
    Fyned yno ar fy nhra'd.

Wedi cychwyn o Gaerfyrddin
    Am ryw dipyn yn y bla'n,
Wele yn fy ngoddiweddyd
    Ymhen ennyd, gerbyd glân.

Mi adnabum yn dra buan,
    Mai y "Royal" Mêl oedd ef,
Tan awdurdod Ei Mawrhydi
    Ar ei daith o dref i dref.

Rhoddais arwydd i'r Gyriedydd
    Mai ymdeithydd oeddwn i,
Yn ewyllysio cael fy nghario
    Tua'm hen gartrefle cu.

Er mor llwythog oedd y cerbyd,
    Aros wnaethant yn y fan,
Fel y gallwn gael cyfleustra
    I ddringo iddo'n iach i'r lan.

Morris Davies oedd y Gyrrwr
  Ac fe ddwedodd wrthyf fi,
"*Come, you beggar, step up here*
  Sit upon the box by me."

Yna i ffwrdd â'r pedwar ceffyl
  Gyda phleser yn 'u gwaith,
Fel pe buasent yn awyddus
  I gyrhaeddyd pen eu taith.

Wrth fynd heibio ' Lodge ' Blaenige
  Wele'r utgorn yn rhoi blo'dd,
Clywn y cymoedd oll yn atsain,
  Wele finnau wrth fy modd.

Wele'n deffro bob cysgadur
  Gysgai yn ei wely pluf,
Gan drwst cadarn yr olwynion
  A chan sŵn yr utgorn cryf.

Wedi cyrraedd Conwyl Elfed
  Pawb edrychent arnom ni ;
Rhai yn sbïo trwy'r ffenestri,
  Safai'r lleill yn nrws y tŷ.

Wedi newid y ceffylau,
  Myned eto ar ein hynt,
Fel pe gwelech blufyn ysgafn
  Yn cyflym hedfan yn y gwynt.

Heibio Pant-yr-haidd fel mellten,
  Rhedai'r cerbyd yn ddi-fraw,
Gweld y cloddiau fel rhubanau
  O bob lliwiau ar bob llaw.

Trwy Gwmduad, mlaen i'r mynydd
  Sydd goruwch y bronnydd fry,
Teithio'n ddyfal, teithio'n rymus,
  Teithio'n hwylus roeddem ni.

Wedi cyrraedd pen y mynydd
  Medrwn weld holl gyrrau'r wlad,
Gweld y glennydd, gweld y gelltydd
  Draw o amgylch tŷ fy nhad.

Gweld y fro lle ces fy magu
  Gynt yn annwyl gan fy mam,
Godai awydd yn fy nghalon
  Am gael cyrraedd at y fan.

Nid oedd dim ar hyd y mynydd
  Ond eithin mân a grug yn llawn,
Ac ambell hogyn bach â'i gorgwn
  Yn gwylio'i braidd ymhlith y mawn.

Mynd i waered unwaith eto,
  A'r ceffylau'n mynd yn hawdd,
Ac yn fuan dyma gyrraedd
  Lawr at ' durnpike ' Bwlch-y-clawdd.

Myned heibio i Lwyndafydd,
  Ac i Saron ddedwydd nawr,
Heibio eglwys blwyf Llangeler,
  Rhuthrem dros y rhiwiau i lawr.

At Ryd-fach mae'r Goets yn nesu,
  Sŵniai'r utgorn gyda blas,
Gwelaf bedwar ceffyl gwisgi
  O'r ystablau yn dod ma's.

Safent oll mewn agwedd wrol
  Ar yr heol yn ddi-fraw,
Parod oeddynt mewn munudyn
  Erbyn cychwyn maes o law.

Oddi yno myned wnaethom
  Trwy ryw ardal brydferth iawn,
Lle mae dolydd, lle mae coedydd,
  A pherllannau oll yn llawn.

Heibio i Bont Henllan enwog,
  Sydd dros Deifi donnog, ddu,
Heibio i enwog Blas Llysnewydd
  Lle mae coedydd ar bob tu.

Sŵn aruthrol yr olwynion
  Siglai seiliau'r ddaear gron
A tharanllais croch, yr utgorn
  Dynnai sylw'r fro o'r bron.

Safai'r ychen ar y dolydd,
  Syllu, arnom wnaent yn syn,
Safai'r preiddiau ar y bronnydd
  Methent ddeall beth oedd hyn.

Mewn i Gastellnewydd Emlyn
  Yn dra sydyn daethom ni ;
Ac fe saif y Goets am funud
  Yn ymyl drws y Llythyr-dŷ.

Wedi cael y Mêl yn barod,
  Cychwyn wnaethom yn ddi-ble ;
Gyda chryf floeddiadau'r utgorn
  Yn di-huno pobl y dre.

Pan yn nesu lawr at Genarth
  Seiniai'r utgorn yn ddi-goll,
Nes oedd coedwig Gellidywyll
  Yn atseinio trwyddi oll.

Wedi myned mewn i'r pentref
  Gwelwn bedwar ceffyl glas
Wedi cael eu trwsio'n barod,
  I'n cyfarfod yn dod ma's.

Yr olwg arnynt yn y cerbyd
   Imi oedd yn hyfryd iawn,
Eu lliw glas, a'u gwisgoedd duon,
   A'u byclau gloywon, drudion iawn.

Wedi derbyn y gorchymyn
   Starto'n sydyn wnaent yn wir !
Mewn un eiliad, ar un llamiad,
   Dros derfyn cydiad y ddwy sir.*

Afon Teifi sy'n gwahanu
   Rhwng sir Benfro fawr ei stôr,..
Ceredigion 'rochor arall
   Sydd yn cyrraedd hyd y môr.

Dros hoff diroedd Ceredigion
   Roeddem yn cyflymu nawr,
Heibio i Benygraig yn union,
   Heibio i Alltybwla fawr.

Heibio'r Ddôl a'r Stradmor enwog
   Gynt fu o ardderchog ryw,
Heibio i hyfryd blas Llwyndyrys,
   Lle mae Griffiths fwyn yn byw.

Mewn i Lechryd aem yn ebrwydd,
   Lle fu o enwogrwydd mawr,
Lle y gwariwyd myrdd o bunnau
   Yn y gweithiau cyn yn awr.

---

*Dros bont Cenarth. Ond gwnaeth y bardd gam-
gymeriad yma mae'n debyg—oherwydd croesi o Sir
Gaerfyrddin i Sir Aberteifi a wnai'r Goets yma.

Aros wnaethom am funudyn
  Yn y pentref diddan hyn,
Galwai rhai am beint o gwrw,
  Galwai'r lleill am *glass of gin.*

Nawr mae pen y daith yn nesu
  Wedi'r mynd dros bant a bryn,
Gweld Llangoedmor wrth fynd heibio,
  Rwyf yn cofio nawr am hyn.

Pan yn mynd dros Bontycleifion,
  Bloeddiai'r utgorn yn ddi-freg,
Cyraeddasom Aberteifi
  Cyn i'r awrlais daro deg !

Ffarwel weithian hen gerbydan,
  Teithiwr buan iawn wyt ti,
Doest mewn 'chydig iawn o amser
  O Gaerfyrddin fawr ei bri.

Rhyfedd yw fod neb cyn ffoled
  I dreio cerdded ar 'i dra'd,
Tra bo cerbyd gwych Victoria
  Yn trafaelu trwy y wlad.